Jens Wonneberger

Flug der Flamingos

Roman

müry salzmann

1

An diesem Morgen geschah etwas Seltsames. Es war eigentlich ein ganz gewöhnlicher Morgen, ein Morgen an der Kante des Sommers, Ende September, vielleicht etwas kühl für die Jahreszeit, und doch. Etwas war anders. Das heißt, im Wesentlichen geschah nichts, außer dass Rimböck, mein Nachbar, der sonst an jedem Werktag mit einer durch nichts zu erschütternden Regelmäßigkeit pünktlich um acht sein Haus verließ, diesmal ausblieb. Nicht, dass ich auf ihn gewartet hätte, ich wartete schon lange auf niemanden mehr, schon gar nicht auf Rimböck, aber ich hatte ihn, auf der Bank vor meinem Haus sitzend, täglich im Blick, sein Auftauchen gehörte einfach zu dieser frühen Stunde wie das ferne, nicht allzu laute Dröhnen vom Autobahnzubringer oder das scheppernde Läuten der Kirchenglocken. Und ich mag es, wenn die Dinge bleiben, wie sie sind.
Die Glocken quengelten, als wollten sie Rimböck aus dem Haus locken, und dann, als wäre es ein Nachklang, ein fernes Dröhnen, ein Surren fast nur, als schwebe eine Mücke dicht am Ohr. Jetzt!, dachte ich. Aber nichts, die Tür im Haus gegenüber blieb geschlossen. Merkwürdig, dachte ich, und stellte mir dennoch vor, wie Rimböck seine Villa verließ, diesen kubischen, weiß getünchten Kasten, dem jede südliche Heiterkeit fehlte, ich sah ihn vor mir, wie er wie

jeden Tag aus der Tür kam und unter dem Baldachin stand, der von Säulen mit ionisch anmutenden Kapitellen getragen wurde, wie er mit der linken Hand dann den Messingknauf der Tür umfasste und diese fest ins Schloss zog, um gleich darauf mit der rechten am Bund zu fummeln und den richtigen Schlüssel, das freilich ahnte ich mehr, als ich es sah, ins Schloss zu führen, wobei er sich, mir seinen Hintern zuwendend, so ein Arsch, dachte ich, tief bückte, sodass sein Kopf fast auf der Höhe des Schlüssellochs war, als müsse er diesen täglichen Handgriff stets aufs Neue erlernen. Er schloss also ab, drückte zur Kontrolle noch einmal gegen den Knauf, rüttelte daran, ich kannte das ja, hatte es oft, vielleicht zu oft gesehen und sah es jetzt in Gedanken noch deutlicher, dann ließ er den Schlüsselbund, bevor er ihn wieder in die Hosentasche steckte, rasselnd um seinen ausgestreckten Zeigefinger kreisen, nicht ohne sich dabei mit einem Blick auf die Armbanduhr der Zeit zu versichern. Es musste kurz nach acht Uhr sein. Es war kurz nach acht Uhr, nur Rimböck fehlte. Rimböck war nicht zu sehen.

Während das Abschließen der Haustür offenbar einige Konzentration und Anstrengung erforderte, lag in dem anschließenden Kreisen des Schlüsselbunds jedes Mal eine solch beschwingte Unbekümmertheit, dass mich der Gegensatz täglich aufs Neue verwirrte, während sich in der nun folgenden Marotte Rimböcks die ganze Armseligkeit seiner

Existenz offenbarte. Nachdem er den sogenannten Vorgarten, der eher ein Steinbruch oder Betongärtchen war, eilig durchquert hatte, stand er am Grundstückstor, wo er neben den Betonkübeln, in denen giftgrüne Plastikkoniferen stramm standen, wie nach einem Schreckmoment noch einmal kurz innehielt, um sich zu vergewissern, ob er seine Brieftasche tatsächlich dabei hatte, indem er, panisch fast, dahin tastete, wo er sie vermutete, gewöhnlich an die Brusttasche seines Sakkos, manchmal auch, wenn es sehr heiß war und er nur das obligate pastellfarbene Hemd trug, an die Gesäßtasche seiner Hose, und fand die Brieftasche dann jedes Mal.

Das Tor erinnerte ebenso wie der sich zwischen mit Schotter gefüllten Stahlgittersäulen erhebende Zaun an einen Hochsicherheitstrakt, so aufreizend, dass ich gern dagegen geschlagen und das Gatter zum Erzittern gebracht hätte. Ich fragte mich manchmal, ob Rimböck mit seinem Eigenheim dem Bauhaus oder nur seinem Bankkonto huldigte, er hätte wahrscheinlich am liebsten das Preisschild gut sichtbar an die Wand geklebt. Aber vielleicht waren die Säulen auch nur ein Ausrutscher, der Tribut an eine sentimentale Erinnerung oder eine Machtdemonstration des Bauherrn gegenüber den Allüren des Architekten? Beim Garten indes war ich mir sicher: Rimböck besaß weder Geschmack noch einen Sinn für die Natur. Wenn er doch einmal stolpern würde, dachte ich jeden Tag, über seine Pseudofelslein, über seine

auf Hochglanz polierten, schnurgeraden Grabsteinkanten, aber er stolperte nie, verirrte sich nie in den grauen Schotterbeeten, immer gelangte er durch diesen stummen wüstenartigen Garten des Grauens sicher zum Grundstückstor.
Das alles stellte ich mir vor, als neben Rimböcks Grundstückstor plötzlich etwas vom Himmel fiel. Ein leiser, dumpfer Aufschlag. Ein leichtes Knacken? Dann segelte, die Krallen voraus, lautlos eine Krähe herab, flatterte, hüpfte, tänzelte, stolzierte über den Beton, prahlte kurz mit ihrem seidig-schwarzen Gefieder, krächzte dann aufgeregt, nahm die angebrochene Nuss in den Schnabel und flog mit klammheimlicher Freude wieder davon. Ich schaute ihr nach, bis sie meinen Blicken entschwand, der Himmel war blau, mir erschien er vor allem leer.
Es war Ende September und wie gesagt noch etwas kühl, aber mir war das Wetter egal, ich saß jeden Tag um diese Zeit auf der Bank vor meinem Haus, rauchte eine Zigarette und trank Kaffee. Die Bank war überdacht, wenn auch nicht mit so einer pseudogriechischen, von der roten Leuchte einer Alarmanlage gekrönten Angeberei wie Rimböcks Haustür, es war nur ein einfaches Vordach aus Holz, eine Art provisorischer Unterstand, den Katharina mit wildem Wein und Efeu begrünt hatte und der vielleicht deshalb schon seit Jahren hielt, jedenfalls wäre ich selbst bei Regen einigermaßen geschützt, aber an diesem Tag blieb es trocken und wurde nach der anfäng-

lichen Kühle dann doch angenehm warm. Die ersten Blätter begannen sich schon zu färben, in den Jungfernreben waren die Beeren blau, bald würden die Blätter feuerrot lodern. Die restlichen Gartenmöbel waren ergraut und standen seit langem zusammengeklappt in der Ecke, besprenkelt von Vogelschissen und umklettert von den Ranken der Zaunwinde verharrten sie im Dornröschenschlaf, über die Stuhlbeine zogen sich eingetrocknete Schneckenspuren. Wie schön alles zuwuchert, dachte ich, endlich, aber dann erinnerten die weißen Blüten an die Schalltrichter von Grammophonen und schienen permanent Neuigkeiten zu trompeten. Ich war nicht erpicht auf Neuigkeiten, schon gar nicht auf Merkwürdigkeiten, im Gegenteil, sie störten nur meine Gedanken. Es reichte mir aus, mir über mein Sitzen auf der Bank Gedanken zu machen oder in Ruhe und Frieden an Katharina zu denken. Kaffee und Zigaretten, in der einen Ecke die zusammengeklappten Gartenmöbel, in der anderen ein paar leere bleiche Schneckenhäuser und vom Beginn des Sommers noch der weiße Flausch der Pappelsamen, vom Wind zusammengefegt wie das trockene Laub vom letzten Jahr. Neben der Tür standen noch immer Katharinas grüne Gartenpantinen, traurig und verlassen wie Bühnenrequisiten standen sie auf den Brettern der Terrasse, aber auch voller Ungeduld, als wollten sie wie aus Gewohnheit jeden Moment loslaufen zu einem letzten großen Auftritt. Ich hatte es längst aufgegeben, die Terrasse zu säubern, ich wartete, dass die Zeit verging. In ein paar Wochen würde der Wind den ersten Schnee in die Ecken wehen. Mein Kaffee war inzwischen kalt geworden.

Bedauerlicherweise gibt es immer wieder Leute, die plötzlich auftauchen und einen mit ihrer Anwesenheit aus den Gedanken reißen und für ihre Zwecke missbrauchen, sogenannte Bekannte, die als Bekannte ganz im Vertrauen nur ein paar Worte wechseln wollen, dann aber ausdauernd auf einen einreden. Selbst wenn man einen finsteren Blick probiert, der wird übersehen oder ignoriert. Sie müssen einem nur kurz sachkundig die Welt erklären, ungefragt das eigene Leben mit all seinen Krankheiten und Widrigkeiten, den Urlauben auch, den vergangenen und den zukünftigen, können es mit Fotos und Prospekten jederzeit beweisen, eine Zumutung ist das. Man darf nicht auf sie eingehen, ihnen nicht einmal den kleinen Finger reichen, muss ihnen die kalte Schulter zeigen. Oder Rimböck, der mich an diesem Morgen sogar durch seine Abwesenheit aus den Gedanken riss und mich zwang, über den Grund seines Ausbleibens zu spekulieren. War er über Nacht unsichtbar geworden? Hatte er sich einfach aus dem Staub gemacht? Wie alt mochte er überhaupt sein? Schwer zu schätzen. Je älter ich wurde, desto öfter lag ich mit solchen Vermutungen daneben, besonders bei den Jüngeren. Und Rimböck war jünger, ein Mann in den besten Jahren, wie man sagt, aber was sind sie

überhaupt, die besten Jahre?, ich jedenfalls glaubte, sie hinter mir zu haben, ich war mir sogar sicher und fand es erleichternd, es senkte die Erwartungen und erhöhte die Nachsicht der anderen.
Rimböck, soviel wusste ich, lebte seit seiner Scheidung allein, und so vertrieb der Anblick eines offenen Fensters im ersten Stock meinen ersten Gedanken, er könne verreist sein, denn eine solche Nachlässigkeit traute ich ihm einfach nicht zu, auch eine mögliche Verspätung kam mir zunächst gar nicht in den Sinn, denn Rimböck war ein Pedant. Oder hatte er das Fenster absichtlich nicht geschlossen, eine Arglist, um mich zu provozieren? Aber warum? Ein Fenster mit Jalousie, die beim Schließen immer wie eine Maschinenpistole rasselte, direkt unter dem Flachdach, vermutlich sein Schlafzimmer, nun offen und mit bauschender Gardine, darüber der leere Himmel. Man müsste jetzt ein Fernglas haben oder wenigstens ein Opernglas, dachte ich und holte den alten Feldstecher aus dem Schuppenschrank. Die plüschige Innenseite des schwarzen Futterals aus Lederimitat war in der feuchten Luft stockfleckig geworden und begann sich an mehreren Stellen aufzulösen, an den Linsen hafteten grüne Fusseln, die ich mit dem Taschentuch abwischte. Trotzdem, es war nichts zu erkennen, und doch war das Gleichmaß des Gewohnten gestört, also machte ich mir Gedanken. Ich vermutete eine Krankheit, etwas mit den Augen lag nahe, der fand ja nicht einmal ein Schlüs-

selloch, oder doch eher etwas Akutes, Herzinfarkt, Schlaganfall, unentdeckt eine innere Blutung? Und da, war das nicht ein Martinshorn, das sich, als ich gerade die Asche meiner Zigarette abstreifte, aus dem monotonen Summen heraushob und auf dem Autobahnzubringer heranheulte, auf dem doch jetzt eigentlich Rimböck die Stadt verlassen sollte? Rush hour, das bedeutete natürlich Stau, Stop-and-go und sicher wieder keine Rettungsgasse, vergebliche Hupkonzerte, da konnte selbst ein Krankenwagen lärmen, wie er wollte, das Zucken des Blaulichts denkt man sich unwillkürlich dazu. Also zog ich sogar Rimböcks Tod in Erwägung, obwohl er noch nicht das Alter zum Sterben hatte, aber wer hat das schon, Katharina hatte es auch nicht, und doch, so schnell konnte es gehen, eine kurze schwere Krankheit, plötzlich und unerwartet, mitten aus dem Leben gerissen, vielleicht sogar Selbstmord, egal, Rimböcks möglicher Tod ließ mich seltsam ungerührt. Sollte er doch kreidebleich und tot in seiner weißen Betonfestung liegen, es war mir egal, und der sogenannte Garten wirkte ohnehin schon jetzt wie ein südländischer Friedhof. Geschotterte Wege, schwarzer Marmor, Plastikblumen. Friedhofsruhe.
Nein, es war mir nicht egal, selbst wenn nur Rimböck fehlte, fehlte etwas, und da ich keine Erklärung für sein Ausbleiben fand, fragte ich mich nach einer Weile, der Ton des Martinshorns hatte sich wieder entfernt und lag schon im Sterben, ob er, der mich

beim morgendlichen Verlassen seines Hauses nie eines Blickes gewürdigt hatte, sollte ich eines Tages seinen morgendlichen Aufbruch nicht wie gewöhnlich mit einer Zigarette in der Hand und einem Kaffee auf dem Tisch von meiner Gartenbank aus beobachten, dies überhaupt zur Kenntnis nehmen würde.
Auch ich hatte mir im Lauf der Jahre, besonders aber nach Katharinas Tod, gewisse Rituale angewöhnt, durch die ich Halt zu finden hoffte. Ich versuchte den Tag zu strukturieren, stand früh auf, kochte Kaffee, jeder Handgriff wie auswendig gelernt, nach einer strengen Reihenfolge, fast automatisch, wie im Schlaf, trotzdem kamen die Tage außer Schritt und Tritt, bis ich merkte, dass die Rituale mir nur dann Halt gaben, wenn ich sie immer wieder veränderte und sie mir dadurch täglich bewusst machte, nicht viel, nur um eine Nuance. Also zuerst den Kaffee, alle Tassen im Schrank, aber welche denn zur Abwechslung heute? So viele Möglichkeiten und dann doch meist Katharinas Lieblingstasse, die flamingofarbene, die ich immer etwas kitschig fand, und dann mit den Lippen an jene Stelle, wo einst Katharinas Lippen ... wie heiß die Stelle noch immer war.
Ich saß also auf der Bank, rauchte, trank Kaffee und musste an Rimböck denken. Aber ich wollte dabei doch nicht an Rimböck denken. Rimböck, wie gesagt, war nicht zu sehen, aber er drängte sich mir gerade dadurch auf. Schon allein sein Name! Wer heißt schon Rimböck? Der Name, dachte ich manchmal,

taugt doch eher als Maßeinheit für Ärger und Unannehmlichkeiten aller Art, schlechtes Wetter war mir egal, aber kalter Kaffee – ein Rimböck, die steigenden Zigarettenpreise – zwei Rimböck, mindestens, und dann immer so weiter, ein sorgfältig ausgedachtes Punktesystem der Verdrießlichkeit, eine nach oben offene Unheilskala. Gesprochen hatte ich noch nie mit ihm, und wenn wir uns zufällig in der Stadt trafen, bemühte sich jeder, den Anschein zu erwecken, den anderen nicht zu bemerken. Es war wie verhext, ausgerechnet in dem Moment hatte sich das Schuhband gelöst, lockte in einer Schaufensterauslage ein besonderes Angebot, musste man in der Tasche dringend nach dem Schlüsselbund kramen. Und nun das, ein Tag ohne Rimböck.

Das alles passierte an einem Mittwoch, aber wie gesagt, eigentlich passierte nichts, die Gartenmöbel standen zusammengeklappt in der Ecke, in der Ferne dröhnte der Verkehr, monoton wie jeden Tag, aber es war ein Mittwoch, ich erinnere mich, es muss ein Mittwoch gewesen sein, weil das der Tag war, an dem Kratzer mich damals noch regelmäßig besuchte. Kratzer, der mir mit seinem onkelhaft gutmütigen Getue nun auch immer mehr auf die Nerven ging. Dabei war er ein lieber Kerl und rührend um mich besorgt, aber gerade das war das Problem. Du brauchst dringend Gesellschaft, hatte er eines Tages verkündet, und seitdem kam er jeden Mittwoch, um sich mir in seiner schleimigen Art aufzubürden.

Warum ausgerechnet Mittwoch, hab ich ihn gefragt, und er ganz stolz, dass er nun in einem Alter sei, in dem er nicht mehr alles mit sich machen lasse, er arbeite jetzt weniger und habe sich einen Tag freischaufeln können, im Moment sei es eben der Mittwoch, demnächst könne es vielleicht der Donnerstag sein. Jedenfalls schlug er mir, weil ich mal wieder unter die Leute müsse, wie er meinte, verschiedene gemeinsame Unternehmungen vor. Gehen wir in den Zoo oder in den Botanischen Garten, sagte er zum Beispiel, von mir aus auch ins Kino, oder lass uns doch mal wieder mit der Fähre ans andere Ufer fahren und dort ein Bier trinken. Warum?, fragte ich. Nur so, sagte er.

Kratzer ahnte nicht, dass ich mir von den sogenannten Unternehmungen, die er vorschlug, ein genaues Bild machen konnte, ohne dass ich dabei meine Gartenbank hätte verlassen müssen, wozu hat man schließlich seine Phantasie? Und ein Gedächtnis, vor allem ein Gedächtnis. Ich hatte genug erlebt und war alle diese Wege oft mit Katharina gegangen, es waren unsere Wege, sogar im Zoo bin ich mit ihr gewesen, obwohl ich Zoos hasse, Katharina aber hatten es die Flamingos angetan, wahrscheinlich wegen deren Zerbrechlichkeit, mir jedenfalls kamen die hochbeinigen Vögel immer so vor, zerbrechlich. Katharina war fasziniert, wie geschickt sie auf einem Bein im Wasser standen, grazil und scheinbar schwerelos, wie sie einbeinig auch im Wind ihr Leben ausbalancierten. Ich fragte mich eher, wie sie sich mit diesen Stelzen paaren oder dachte an ihre amputierten Flügel und hoffte für Katharina, sie würden die Stümpfe nicht gerade in diesem Moment abspreizen und die Verstümmelung sichtbar machen, und sie taten es auch nicht, sie hatten es wohl längst aufgegeben, irgendwohin zu fliegen. Und sahen sie nicht doch auch etwas tollpatschig und tölpelhaft aus, wie sie da hochnäsig durch den Schlamm staksten? Mal ehrlich, was sollte ich also im Zoo? Trotzdem war ich jeden Mittwoch mit Kratzer mitgegangen, war brav neben ihm hergetrottet, zu reden hatten wir wenig, also machten wir Ausflüge, sogar ein paar Mal in den Zoo, ich hätte ihm einfach zu gern geglaubt, wenn er sagte, er könne mich auf andere Gedanken bringen. Aber so einfach war das nicht, ich habe es versucht, ich habe es wirklich versucht.

Kratzer hatte eine etwas schlichte Art, Ablenkung bedeutete für ihn meist Belustigung, weshalb er der Meinung war, die Affen seien für mich das Richtige, vor allem die Menschenaffen. Na gut, er fand die Affen lustig, ich weiß nicht warum, ist das nicht süß, rief er immer wieder begeistert, egal ob sie wild durch den Käfig jagten, dümmlich durch die Gitterstäbe glotzten oder sich gegenseitig konzentriert die Flöhe aus dem Fell pulten. Einmal hatte sich ein Orang-Utan, während er gelangweilt einen Zweig kaute, der vor seinem malmenden Maul hin und her schwankte und dabei immer kürzer wurde, ausgiebig erst die Achselhöhle und dann das Geschlecht gekratzt und dabei so menschlich ausgesehen, dass mich der Anblick peinlich berührte. Ganz anders Kratzer, der offenbar jede Regung in ihren Gesichtern für eine Grimasse hielt, die eigens zu seiner, Kratzers, Belustigung geschnitten wurde, und selbst als ein Kind vor dem Affenkäfig einen Affen mimte, war Kratzer amüsiert. Er ahnte ja nicht, dass die Jacke des Kindes die Farbe von Katharinas Kleid hatte, jenes Kleides, das sie sich in unserem letzten Frankreichurlaub gekauft hatte, in einer kleinen Stadt am Mittelmeer, ein meerblaues Kleid. Sie hatte es nach der Anprobe gleich anbehalten und trug es auch am Abend, als wir im Hafen beim Essen und danach mit einer Flasche Wein am Strand saßen.

Oder dieser Biergarten, er war wirklich schön, man saß angenehm dort, unter mächtigen alten Linden und mit Blick auf den gemächlich dahintreibenden Fluss, aber immer wieder strich sich an einem der Tische eine Frau das Haar hinters Ohr, wie Katharina es getan hatte, immer wieder sprach jemand mit ihrer Stimme, hörte ich irgendwo ihr Lachen, obwohl ich immer geglaubt hatte, dieses Lachen mache ihr keiner nach. Oder war es ein Echo? Einmal sah ich sie an Bord eines langsam vorbeiziehenden Ausflugsdampfers. Wie schön sie war! Sie stand an der Reling, ihr Haar flatterte im Wind, sie rief, aber was sie rief, ging im Schmatzen und Stampfen der Schaufelräder unter, sie winkte, und einige Leute an den Tischen winkten zurück, doch ich war mir sicher, sie hatte mich gemeint, allein mich. Aber damit sollte nun Schluss sein! Kein Biergarten mehr, erst recht kein Zoo. An jenem Mittwoch, an dem Rimböck nicht wie gewöhnlich aus seinem Haus trat und den Schlüsselbund um seinen Finger kreisen ließ, beschloss ich, Kratzer bei seinen albernen Unternehmungen nicht mehr zu begleiten. Endgültig, sagte ich mir, aus und vorbei. Ich wollte nur noch auf der Bank vor meinem Haus sitzen, Zigaretten rauchen und Kaffee trinken. Ich wollte nicht mehr unter die Leute, wie Kratzer das nannte, ich wollte verdammt noch mal in Ruhe gelassen werden, wollte allein sein mit meinem Schmerz. Plötzlich, ich zündete mir gerade eine neue Zigarette an, wurde ich von einem grellen Lichtschein geblendet, ich erschrak, starrte auf das Feuerzeug, doch das Licht war wohl von Rimböcks Haus gekommen, ein jähes Aufblitzen nur, denn als ich hinübersah, war alles unverändert, am Fenster jedenfalls war niemand zu sehen. Hatte sich ein Flügel des geöffneten Fensters bewegt und dabei das Licht der Sonne reflektiert? Ein Windstoß vielleicht? Doch die Ranken des wilden Weins hingen reglos über den Rand des Vordachs. Also doch ein leichter Durchzug im Haus, weil jemand durch eine Tür ...?

Frank Kratzer, den außer seinen Eltern kaum jemand beim Vornamen genannt hatte, nicht einmal alle Lehrer, kannte ich schon seit der Schulzeit. Seine Eltern waren mit ihm in unsere Gegend gezogen, da waren wir vielleicht zehn oder elf. Ein stiller, scheuer Junge, der verzweifelt nach Anschluss suchte, einer von denen, die immer etwas abseits standen, mit ihren Gedanken immer woanders waren und nicht besonders auf sich achteten, mal hatte er die Jacke schief zugeknöpft, mal war ein Schnürsenkel offen oder der Hosenstall, im Winter lief ihm der Rotz aus der Nase, und immer waren die Brillengläser fast blind von Fett und Fingerabdrücken. Sein Schulweg führte an dem Haus vorbei, in dem ich damals wohnte, und irgendwann begann er mich abzuholen. Aber was heißt abholen, er stand eines Morgens einfach da und wartete auf mich, ein argloser Wegelagerer, ein Straßenköter, der auf sein zukünftiges Herrchen wartet, als ich kam, schloss er sich mir an, und dabei blieb es. Er klingelte nie, er rief nie nach mir, er stand einfach vor dem Haus und harrte aus, geduldig, als habe er einen Auftrag, den er zwar ohne großes Interesse, aber zuverlässig erfüllte. Erst viel später habe ich begriffen, dass er selbst dieses Warten genoss, weil schon das ihm offenbar ein Gefühl der Zugehörigkeit vermittelte.

Die ersten Wochen sprachen wir kaum ein Wort, schweigend liefen wir nebeneinander her bis zum Schultor, wo ich bei meinen Freunden stehenblieb, während er einfach weiterging, grußlos meist und mit gesenktem Kopf. Er saß schon auf seinem Platz in der letzten Reihe, wenn wir dann lärmend ins Klassenzimmer stürzten und es mit unseren Albernheiten fluteten, er wich verängstigt zurück, wenn ihm im Gedränge jemand zu nahe kam. Später sprachen wir zwar miteinander, aber nur auf dem Schulweg, wenn kein anderer uns sah, meist redete ich, erzählte ihm, was ich am Nachmittag zuvor mit meinen Freunden erlebt hatte, ich übertrieb, ich schwang mich zum Anführer auf, ich prahlte mit Abenteuern, die oft nur erfunden waren, doch so aberwitzig meine Geschichten auch wurden, und sie wurden immer aberwitziger, Frank Kratzer hing an meinen Lippen, er hörte mir zu, demütig, ergriffen, um dann Tage später mit Begeisterung und voller Ehrfurcht sogar darauf zurückzukommen. Weißt du noch, als du…? Keine Spur von Zweifel, kein Wort des Widerspruchs, er gab sich mit allem zufrieden. Kratzer war wie eine Klette, er wich mir nicht von der Seite, als wolle er sich in meinem Schatten sonnen, mein Trabant sein. Das konnte nicht lange gut gehen, und es ging nicht lange gut, ich hatte es irgendwann satt, fand seine Unterwürfigkeit anmaßend, ich wurde seiner überdrüssig und ließ es ihn spüren, seine Duldsamkeit forderte zu groben Späßen geradezu heraus, die sich in der Phantasie ins Sadistische steigerten, irgendwann schüttelte ich ihn einfach ab wie ein lästiges Insekt. Am Ende zeigte ich ihm die kalte Schulter, ging ihm aus dem Weg, und nach der Schulzeit verloren wir uns vollkommen aus den Augen, ich wusste nicht einmal, ob er noch in der Stadt wohnte, Frank

Kratzer war, so hatte ich geglaubt, für immer aus meinem Leben verschwunden.

Verschwunden, dachte ich, Rimböck ist verschwunden, etwas muss ihm zugestoßen sein, und je länger ich darüber nachdachte, was es denn sein könne, desto klarer wurde mir, dass auch mir jederzeit etwas zustoßen könnte. Und obwohl ich mir oft eingeredet hatte, nicht mehr an diesem Leben zu hängen, wollte ich darauf vorbereitet sein, musste, um vielleicht doch noch rechtzeitig reagieren zu können, alle Möglichkeiten in Erwägung ziehen, mir alles genau vorstellen, auch wenn ich ahnte, dass es dann doch anders kommen würde. Immer kommt alles zuverlässig ganz anders.

Du rauchst zu viel, sagte ich mir, das Herz, die Lunge, und musste, eine Zigarette in der Hand, auch gleich husten. Mit der Ruhe war es nun natürlich vorbei. Ich versuchte mir einzureden, dass Rimböck nur einige Minuten überfällig oder vielleicht heute bloß früher gegangen war, ich wieder einmal maßlos übertrieb und mich wegen einer Belanglosigkeit verrückt machen ließ, doch es half nichts, meine Unruhe wuchs immer mehr, so dass ich dann doch hoffte, Kratzer möge bald kommen und mich auf andere Gedanken bringen. Ein kleiner Ausflug, dachte ich, warum nicht, vielleicht würde sein Vorschlag diesmal gar nicht so schlecht sein, wenigstens anhören könnte ich ihn mir ja. Aber wenn überhaupt, dann nur zu Fuß, nicht wieder mit dem Bus wie vor drei

Wochen, als Kratzer unbedingt auf die Höhen am Stadtrand wollte. Er hatte von der tollen Aussicht geschwärmt und dass diese tolle Aussicht ihn jedes Mal beruhige, dabei kannte ich niemanden, der ruhiger war als Kratzer, aber mich hatte dann schon die Anfahrt aufgeregt, weil dieser Jüngling mir im Bus seinen Sitzplatz anbot, ausgerechnet mir und nicht etwa Kratzer! So ein martialisch Tätowierter, ein ganzes Gruselkabinett auf den Armen, Kopfhörer und Piercings im Ohr, ein finsterer Blick und plötzlich ein Getue wie die Unschuld vom Lande. Wollte wahrscheinlich nur höflich sein, aber trotzdem. Und Kratzer, ganz im Vertrauen und nur unter uns, meinte dann noch, ich wäre in den letzten Wochen um Jahre gealtert.
Ich war noch unrasiert und hatte noch immer nicht gefrühstückt, aber natürlich wollte ich meinen Platz jetzt nicht verlassen. Irgendetwas, dachte ich, konnte drüben bei Rimböck jederzeit passieren. Ich hatte schon lange vor, mir einen Bart wachsen zu lassen, warum also nicht heute damit beginnen? Und gerade da trottete auch schon ein großer, offenbar herrenloser Hund über die Straße. Dogge? Bloodhound? Wahrscheinlich von allem etwas, schlappohrig das Vieh und träge wie eine Kuh. Er blieb neben Rimböcks Gartentür stehen, schnüffelte, kratzte dann, die Hinterbeine gespreizt, mit den Vorderpfoten im Dreck, dass der Kies spritzte, hielt plötzlich inne und lauschte, bis er seinen Oberkörper zur Seite warf

und, als wäre ihm etwas Wichtiges eingefallen, davonrannte, lautlos das alles.
Es war ausgerechnet Katharina, die mich vor einigen Jahren wieder mit Kratzer zusammengebracht hatte. Na gut, es war auch Zufall, wir waren damals in der Stadt unterwegs, kämpften uns durch die Fußgängerzone, die wie jeden Sonnabend voller Menschen war, ein Auflauf, den ich eigentlich mied, aber Katharina hatte mich mal wieder überredet. Wir kamen nur mühsam, die entgegenflutende Körperwelle zerteilend, voran, als Katharina aus dem Gewusel von einem Mann bemerkt wurde. Mittelgroß und ein leichter Bauchansatz, aber vielleicht bauschte auch nur die graue Bundjacke. Verstohlen blickte er in unsere Richtung, ein wenig ungläubig auch, er zögerte, hob vorsichtig den rechten Arm, die Finger zappelten in der Höhe, flatterten über dem schütteren Haar, doch er konnte wer weiß wen meinen, dann riss er den Mund auf, als schnappe er im Sonnabendgedränge nach Luft wie ein Fisch auf dem Trockenen, doch die Kiefer klappten gleich wieder zusammen, er war sich wohl doch nicht sicher, also lieber nur ein flüchtiges Nicken Richtung Katharina, das Katharina selbst gar nicht bemerkte, erst als ich sie darauf aufmerksam gemacht und sie den Gruß freundlich erwidert hatte, reagierte der Mann freudig erregt. Und kam auch schon, die Einkaufstasche voran, einige Passanten umkurvend und im letzten Moment einem Laternenpfahl ausweichend, direkt auf uns zu.

Bleibt man stehen, oder geht man einfach weiter? Zu spät. Ein neuer Kollege, flüsterte Katharina mir schnell noch zu, ein ganz Stiller, ganz Schüchterner, er stellt unter anderem die Anwohnerparkausweise aus, etwas komisch ist er schon, aber sei trotzdem nett zu ihm, es dauert bestimmt nicht lange. Also war ich nett, warum auch nicht, angenehm, sagte ich und streckte ihm meine Hand entgegen, doch dann wich die Freundlichkeit Erstaunen, erst bei dem Fremden, dann auch bei mir. Ja ist denn das die Möglichkeit! Also nein. Ja doch! Und dann hatte es auch Katharina begriffen. Ihr kennt euch also? Was für ein Zufall, ach, wie doch die Zeit vergeht. Ein paar Höflichkeitsfloskeln hat man parat, die Sätze sagen sich wie von selbst. Familie? Kinder? Das Wetter. Die Arbeit. Und sonst? Aber wo schaut man dabei hin?
Unser Stehenbleiben hatte ein kleines Gedränge ausgelöst, man schob uns noch enger zusammen, was Kratzer, kein Zweifel, es war Kratzer, ein sichtliches Unbehagen bereitete. Er trug keine Brille, vielleicht hatte er jetzt Haftschalen, doch ja, es war noch der gleiche scheue Blick, das gleiche verschämte Senken der Lider. Das muss doch, stammelte ich, mindestens vierzig Jahre… Zweiundvierzig, um genau zu sein, sagte Kratzer entschieden und hielt seine Tasche fest umklammert vor der Brust. Sachbearbeiter wahrscheinlich, dachte ich, vielleicht sogar Beamter, der kann ganz sicher selbst noch im Schlaf bei jeder Kennziffer die dritte Stelle hinter dem Komma…

Lang, lang ist's her. Und nun? Nun ja. Die Jahre. Jetzt bloß nicht auf die Uhr schauen! Katharina fand es amüsant, sie schien sich als Regisseurin dieser Wiedersehensschmonzette zu fühlen, ihr Blick wanderte hin und her, dabei drückte sie verschwörerisch meine Hand, als wolle sie mich ermutigen, na komm schon, hab dich nicht so, und strich dann mit ihren Fingern zärtlich über meinen Unterarm, das sollte mich wohl beruhigen. Ihr rettender Einfall lief auf Vertagung hinaus. Ich traute meinen Ohren nicht, sie lud Kratzer kurzentschlossen zu uns ein, er zierte sich zuerst, morgen schon?, er wisse nicht so recht, willigte dann aber ein. Also dann, bis morgen. Man konnte es auch Überrumplung nennen, und es blieb unklar, wen sie damit mehr verwirrt hatte.
Katharina arbeitete im Kulturamt, und selbstverständlich fragte ich sie, wieso sie Kratzer, der ja angeblich die Anwohnerparkausweise ausstellte, als Kollegen bezeichnete. Im Straßen- und Tiefbauamt, erzählte sie, habe es einen Wasserrohrbruch gegeben, und einige Mitarbeiter hätten daraufhin im Kulturamt einen provisorischen Unterschlupf gefunden, Kratzer jedenfalls habe sein Büro jetzt vorübergehend im gleichen Flur wie sie. Ob das Amt jetzt vornehmlich Street-Art fördere, wollte ich wissen, doch Katharina fand den Zustand nicht lustig, und als ich sie fragte, warum sie Kratzer dennoch eingeladen habe, sagte sie, das habe sie für mich getan. Über meine Bekanntschaft mit ihm erzählte ich ihr nicht

die ganze Wahrheit, ein Schulfreund, sagte ich, mehr nicht. Den Freund nahm ich gleich zurück und suchte nach einem passenden Wort: nur ein Mitschüler und auch nur für kurze Zeit. Wir hatten inzwischen das Ende der Fußgängerzone erreicht, wo eine Gruppe betagter Touristen es lustig fand, sich gut behelmt und bunt uniformiert als Segway-Fahrer zu versuchen. Mit welcher Eleganz sie ihre steifen Hüften um die Kurven schwangen und dann wie im Gänsemarsch immer dem jungen Führer hinterher, auf dessen Ärmel ein Aufnäher die bekannte, weit herausgestreckte Zunge zeigte. Anwohnerparkausweise sagst du? Katharina nickte, ich schüttelte ungläubig den Kopf. Na wenigstens, sagte ich, war sein Hosenstall zu. Katharina sah mich fragend an, wie ich das denn meine. Nur so, sagte ich, er war früher immer etwas zerstreut. Zerstreut ist gut, hast du die vielen Schuppen auf seinem Kragen gesehen?, fragte Katharina. Rimböck dagegen war immer wie aus dem Ei gepellt, das gegelte Haar, noch nicht ergraut? sicher gefärbt! und sorgsam nach einem ausgeklügelten Plan zerwühlt, darin wichtigtuerisch die Sonnenbrille aufgepflanzt. Dunkler Anzug, Bügelfalten und die spitzen Schuhe immer auf Hochglanz gewichst. Ich wusste gar nicht, wohin dieser eitle Fatzke täglich so pünktlich fuhr, womit er sein Geld verdiente. Solide Lebensstellung? Halbseidenes Milieu? Sicher irgendein wichtiger Bürojob und in seinen Augen natürlich der allerwichtigste, Controlling, Consulting, Versiche-

rung, eine Großbank, mindestens mittleres Management, Import Export, auf jeden Fall Besserverdiener und die nächste Stufe auf der Karriereleiter immer im Blick. Vielleicht war er ja auf Dienstreise. Eine Konferenz in einem erstklassigen Konferenzhotel, die Honeymoon-Suite mit Ehefrau oder Geliebter. Internationale Kontakte, schwierige Verhandlungen. Oder Lobbyist? Ein konspiratives Treffen mit Politikern an geheimem Ort. Verantwortung und immer an den Börsenkurs denken! Wohlverdient ein paar Cocktails oder ein bisschen Golf, das Damenprogramm hätten sie sich seinetwegen sparen können. Aber gestern hatte er kein Gepäck bei sich gehabt, keinen Koffer, keinen Rucksack, nur wie üblich die schon arg abgewetzte Aktentasche, die ich für Koketterie hielt. Ihr haltet mich für einen Spießer? Seht mal, wie lässig ich bin!
Auch Kratzer kam, wenn er uns besuchte, meist mit einer wichtigtuerischen Aktentasche, als erschiene er zum Dienst. Wir gingen nie zu ihm, wussten nicht, wie er lebte, doch ich stellte mir vor, dass er noch immer in der Wohnung seiner Eltern wohnte, mit ihren Möbeln. Er kam nicht oft, meist am Wochenende und blieb nie länger als eine Stunde, wir tranken zusammen Kaffee, manchmal auch ein Bier, er war nicht besonders redselig, und über unsere Schulzeit sprachen wir nie, obwohl Katharina uns immer wieder dazu aufforderte. Er fragte nach meiner Arbeit als Restaurator für die Städtischen Kunstsammlungen,

die ihn aber nicht besonders zu interessieren schien, mit Katharina tauschte er ein bisschen Klatsch aus der Verwaltung, aber am liebsten erzählte er von seinem Schrebergarten. Er sei ein passionierter Hobbygärtner und verfüge, wie er uns schon am ersten Sonntag nicht ohne Stolz hatte wissen lassen, über einen grünen Daumen. Und er wollte es uns beweisen. Vielleicht war er nur deshalb wiedergekommen, denn jener erste Besuch, der mit Verlegenheit begonnen hatte, war mit Peinlichkeit zu Ende gegangen. Kratzer hatte seinen Kaffee verschüttet, das kann passieren, und damit unseren Teppich bekleckert, dessen Wert schien er nicht bemerkt zu haben, oder es hatte ihn nicht gestört, immerhin ein afghanischer Kelim, eingeladen hatten wir ihn jedenfalls nicht mehr, aber er kam wieder, und schon bald wurde noch der kürzeste Besuch von einer eigenartigen Zeremonie eingeleitet. Kratzer trat ein, ging sofort zum Tisch und wuchtete seine Tasche mit übertriebenem Schwung auf die Tischplatte, wartete, bis wir ihm gegenüber Aufstellung genommen hatten, trommelte mit seinen Fingern erwartungsfroh auf das Leder, fummelte an den messingfarbenen Verschlüssen, die offensichtlich immer hakten, bis die Schnallen endlich aufsprangen, er klemmte sich die Klappe unters Kinn, wodurch sein Doppelkinn sichtbar wurde, schielte noch einmal in unsere Richtung und zog dann, nun aber aufgepasst!, seine Überraschung aus der Aktentasche.

Erst später begriffen wir, was Kratzer mit diesem Auftakt bezweckte, die Tasche diente ihm nämlich nicht nur als Transportbehälter für Gartenfrüchte, sondern auch als eine Art Schutzschild, mit dem er uns auf Abstand hielt, denn jeder Körperkontakt war ihm zuwider, und wenn möglich, ging er schon einem bloßen Händedruck aus dem Weg. Oft habe ich mir vorgestellt, welche Angst die von der Stadtverwaltung propagierte Bürgernähe ihm bereiten und wie sehr er sich nach jener Zeit sehnen musste, als sich Schalterbedienstete hinter Glasscheiben noch in Sicherheit wiegen konnten und jedes Wort eine kleine vergitterte Luke zu passieren hatte, dann aber fiel mir ein, dass Bürgernähe in Zeiten der Digitalisierung ja gerade bedeutet, sich den realen Bürger vom Leib zu halten. In unserer Küche war es mal ein Bund Möhren, eine Gurke oder eine Schale Himbeeren, dann wieder ein paar Stängel Rhabarber oder eine Handvoll Tomaten, die Kratzer mit einem triumphalen Lächeln aus seiner Tasche hervorholte, wie ein Magier ein Kaninchen aus dem Zylinder zaubert, und einen Augenblick schien es dann, als erwarte er Applaus, aber kaum lag das Grünzeug auf dem Tisch, befiel ihn eine tiefe Verunsicherung, und er hatte Angst, das Mitgebrachte könne uns zur Last fallen. Wir taten ihm also den Gefallen und freuten uns, obwohl auch unser Garten hinter dem Haus damals noch einiges abwarf. Kratzer strahlte wieder und fühlte sich als Teil unseres Glücks. Nur manchmal wurde es mir zu viel, und ich ließ es ihn spüren, schimpfte über die Obstschwemme in diesem Jahr, stöhnte ob der vielen Arbeit, was Katharina nicht verstand. Lass ihn doch, sagte sie beschwichtigend, er meint es doch nur gut. Der Tisch war übrigens Louis Seize, ein schönes Stück, ehemals herrschaftlicher Besitz, Spiegelfurnier, kannelierte Beine und fein ziselierte Beschläge, aber eigentlich zu wertvoll für unsere Wohnung, oder besser, er passte nicht zu uns. Ich hatte ihn vor Jahren für einen hoffnungsvollen Jungunternehmer, einer zufälligen Bekanntschaft aus der *Schwarzen Seele*, restauriert. Er hatte gerade ein IT-Unternehmen gegründet und damit in kürzester Zeit eine Menge Geld gemacht, nun wollte er mit diesem ebenso zierlichen wie pompösen antiken Tisch seine Position am neuen Markt ausstellen und unterstreichen. Ich solle bei der Rechnung nicht kleinlich sein, hatte er in der Kneipe großspurig verkündet, doch dann, ich war gerade mit der Arbeit fertig gewesen, war die Dotcom-Blase geplatzt, er hatte plötzlich seine Firma und noch mehr Geld verloren und deshalb die Rechnung nicht mehr bezahlen können. So war der Tisch quasi als Pfand bei mir geblieben, und mit einer Einlösung war nicht mehr zu rechnen. Jetzt lagen Kratzers verdreckte Möhren auf der Politur. Von mir aus, dachte ich, er meint es ja gut. Und dann fiel mir ein, dass ich größtenteils, abgesehen von dem Tisch, gewissermaßen mit den Möbeln meiner Großeltern lebte und versuchte mir sofort einzureden, dass es

ein Unterschied ist, ob man wie Kratzer mit den Möbeln seiner Eltern oder wie ich mit den Möbeln der Großeltern lebte, wusste aber nicht, worin der Unterschied eigentlich bestand.
Kratzer, das war nicht zu übersehen, mochte Katharina, vielleicht war er, in dessen Leben es keine Frauen zu geben schien, sogar ein wenig in sie verliebt, es war rührend anzusehen, wenn er ihr einen Strauß Blumen aus seinem Garten mitbrachte, ihn mit zitternder Hand aus dem Zeitungspapier wickelte, das er dann hektisch in seine Aktentasche stopfte. Er stand vor ihr wie ein Drittklässler, streckte den Strauß nach vorn, so weit sein Arm eben reichte, und war erleichtert, wenn Katharina ihm die Blumen endlich abnahm. Nur einmal wusste er nicht, wie ihm geschah, als sich Katharinas gespitzte Lippen seinem Gesicht näherten, doch dann blies sie ihm nur die Schuppen vom Kragen. Er ertrug es, es schien ihm nicht einmal peinlich, er zog sogar gehorsam die Jacke aus, damit Katharina einen lose baumelnden Knopf annähen konnte. Wie gesagt, Frank Kratzer mochte Katharina, aber nie hatte ich das Gefühl, er beneide mich um sie, es schien ihm zu genügen, für einige Minuten oder eine Stunde in ihrer, nein, Nähe wäre nicht das richtige Wort, in ihrer Umgebung zu sein, und er war vielleicht sogar froh, dabei nicht mit ihr allein zu sein.
Den Garten hinter dem Haus hatte ich mittlerweile aufgegeben, tatenlos sah ich dem Wachsen und

Verkümmern zu, dem Blühen und Verwelken. Erst kürzlich war dem alten Apfelbaum ein morscher Ast aus der Krone gebrochen, hatte im Fallen das Haupt einer Sonnenblume abgeschlagen und dann die hochgeschossenen Gräser flachgelegt. Katharinas Beete waren längst verkrautet, und die wilden Triebe der Brombeere spannten ihre dornigen Bögen über den Weg, auf dem das Moos aus den Ritzen der Platten wucherte und eine liegengebliebene Harke ihre Zinken zeigte. Daneben das fette Schwarz eines frisch aufgeworfenen Maulwurfhaufens. Sich verkriechen müsste man, dachte ich, sich am besten unter die Erde verkriechen.

Kratzer schüttelte jedes Mal den Kopf, wenn er einen Blick hinter das Haus warf, der Zustand des Gartens beunruhigte ihn, und hätte ihn, wäre er zu dieser Emotion fähig gewesen, sicher wütend gemacht. So könne es nicht bleiben, er würde mir mit Rat und Tat zur Seite stehen, Hand anlegen, wie er es nannte, der Garten, sagte er, sei doch ein Teil von Katharinas Vermächtnis. Was bildet der sich ein, dachte ich, faselt von Katharinas Vermächtnis, als hätte er davon eine Ahnung, nichts weiß der über Katharina, nichts, und selbst wenn er Recht gehabt hätte, mir schien es manchmal, als würde sich der Garten im Verwildern erholen, und ich hoffte, Katharina würde das verstehen. Zwar hatte er mittlerweile jenen Zustand noch nicht erreicht, in dem wir ihn zusammen mit dem halbverfallenen, über Jahrzehnte leerstehenden

Haus übernommen hatten, aber immerhin, die Richtung stimmte. Es war ein Gartenhaus, eine Mischung aus Bedienstetenwohnung und Wirtschaftsgebäude, und stand auf dem einst viel größeren Grundstück eines ehemaligen Papierfabrikanten, dessen Villa im Krieg zerstört und später abgerissen worden war. Kein großes Haus, zwei Stockwerke, eher ländlich als herrschaftlich. Während die Straßenseite trotz des Verfalls noch einen gewissen Charme ausstrahlte, dem wir schließlich verfallen waren, hatte ein dichter Wald aus jungen Birken und Eschen, aus Götterbäumen, Schlehengestrüpp und Brennnesseln die Reste des Hauses von der Gartenseite damals fast unsichtbar werden lassen, Efeu, Klematis und Brombeeren hatten die Mauern überwuchert und die kreuzweise über die Tür genagelten Bretter überflüssig gemacht, wir hatten Tage gebraucht, sie aus diesem grünen Chaos zu befreien, und auch dann sah man noch die kleinen Haftscheiben an der Fassade kleben, hingen noch immer die haarigen Wurzelreste in den Fugen. Kratzer sah auch jetzt nur das Chaos, die fehlende Ordnung machte ihm Angst, mich aber erinnerte es an unsere Anfangsjahre, als ich mit Katharina während der schrittweisen Instandsetzung auf der Baustelle gelebt hatte, immer von einem Zimmer in ein anderes wechselnd. Ich hatte schon damals, wenn auch nur heimlich, von einer unser Grundstück umfassenden übermannshohen Mauer geträumt, einem fest verschließbaren Tor, besser noch einer Zugbrücke, ich wollte mich verschanzen, verbarrikadieren, verkapseln, nun stellte ich mir vor, wie sich das Dickicht erneut verdichtete und undurchdringbar wurde, wie im Laufe der Zeit aus Katharinas Garten hinter dem Haus ein dichter Filz entstand, ein Kokon, ein Rückzugsort, in den ich mich eingarnen würde, einwachsen und endlich Ruhe finden. Ich wollte allen Ballast abwerfen, allen Verpflichtungen entkommen, ich wollte mich aus dem Rennen nehmen. Gut wäre es, wenn man an nichts denken müsste, dachte ich. Aber noch regte mich dieser Rimböck auf. Einmal, fiel mir ein, hatte er sich tatsächlich um ein paar Minuten verspätet, das war schon mehrere Wochen her, hektisch hatte er mit seinem Schlüssel hantiert, dabei das Schlüsselloch mehrfach verfehlt und tastete dann, als er am Gartentor nach seiner Brieftasche suchte, so viel Zeit muss sein, auch noch ins Leere, also schnurstracks wieder zurück, schnell schnell, und wieder war das Schlüsselloch nicht an der richtigen Stelle, also ruhig und nochmal genau hinsehen, er war dabei sogar in die Knie gegangen und hatte, sich halb umwendend, zu mir herübergeschaut, hilfesuchend, wie mir schien, als wollte er sich vergewissern, ob es für seine Verspätung einen Zeugen gab, und war offensichtlich erstaunt, dass ich noch immer auf meinem Posten war und ruhig meinen Kaffee trank, was ihn wohl einen Moment lang glauben ließ, doch pünktlich zu sein. Aber kein Gruß, nicht einmal ein stummes Nicken, und trotzdem schien ihn mein Anblick zu beruhigen, denn er fand dann das Schlüsselloch. Alles wegen ein paar Minuten, dachte ich, er wusste ja nicht, dass sich mein morgendliches Sitzen auf der Bank manchmal bis zum Mittag hinziehen konnte. Ich habe Zeit, viel Zeit und gehöre nicht zu den Menschen, die dieser Umstand beunruhigt. Die meisten Menschen beklagen unentwegt, zu wenig Zeit zu haben, dabei fürchten sie nichts mehr als das. Sie können die Untätigkeit nicht ertragen, sie müssen unentwegt etwas tun und haben Angst, mit sich allein zu sein. Sie sehnen sich nach dem Alleinsein und halten das Alleinsein dann nicht aus. Kratzer zum Beispiel. Kaum hatte er sich den Mittwoch freigeschaufelt, wie er das nannte, schon musste der freie Mittwoch mit Terminen zugeschüttet werden, er stürzte sich auf mich und versuchte mich in irgendwelche Unternehmungen zu verwickeln, die ja wahrscheinlich nur dazu dienten, ihn selbst zu beschäftigen.

Und Rimböck? So einer hat natürlich nie Zeit. Jedenfalls war er immer in Eile, immer geschäftig, immer auf dem Sprung. Zeit ist Geld, oder was es sonst noch für blöde Sprüche gab. Und in ein paar Jahren, wenn die Geschäfte nicht mehr laufen, wenn es sich ausgesprungen hat? Wird er dann seinen Geröllgarten umschichten? Oder sich einen Hund anschaffen? Aber wer weiß, vielleicht hatte er längst das Zeitliche gesegnet.

Und nun, dachte ich, müsste eigentlich Kratzer bald kommen.

2

Und dann kam Kratzer tatsächlich, erwartungsgemäß kam er, pünktlich wie immer, was hätte er, dachte ich, an seinem freien Mittwoch auch anderes tun sollen. Ich hatte mich inzwischen in das über meiner Werkstatt gelegene Eckzimmer des Obergeschosses zurückgezogen. Seit die Alleebäume gefällt worden waren, mächtige Platanen mit weit ausragenden Kronen und wie nackt wirkenden, an Elefantenbeine erinnernden und sich immer wieder häutenden Stämmen, konnte ich die von der neogotischen Johanneskirche aus leicht abschüssige, kopfsteingepflasterte Kirchenallee gut einsehen, ohne dabei das Haus von Rimböck aus dem Blick zu verlieren. Ich war auch ins Haus gegangen, weil Kratzer, träfe er mich auf der Bank vor dem Haus an, natürlich sofort denken würde, ich hätte ihn schon erwartet.
Ich stand also am Fenster, gegenüber Rimböcks Haus mit dem Steinbruchgarten, wo sich noch immer nichts tat, rechts die Kirchenallee, über die auch Katharina nach der Arbeit immer gekommen war, mehr schwebend als gehend. Ich erkannte Kratzer bereits von weitem, schon als er aus der Seitenstraße kommend um die Ecke bog, an der ehemaligen *Mohrenapotheke*, die seit einiger Zeit nur noch *Die neue Apotheke* hieß, wobei der alte Schriftzug noch immer wie ein Schatten zwischen den schwarzen Fachwerk-

balken der Fassade zu erkennen war. Ich erkannte ihn an seiner Tasche, dieser ordentlichen deutschen Sachbearbeiterledertasche, aus der trotzdem bisweilen ein Büschel Möhrenkraut oder ein Rhabarberstängel lugte, erkannte ihn an seinem schlurfenden Gang, obwohl, man kann sich täuschen, aber spätestens, als er die Kneipe, die noch immer den Namen *Zur schwarzen Seele* trug und bis vor ein paar Monaten die von mir bevorzugte Kneipe gewesen war, erreicht hatte, war ich mir sicher: Es war Kratzer.

Er schlenderte also die Kirchenallee herunter, trödelte den Bürgersteig entlang und hielt bei jedem der Stoßstange an Stoßstange parkenden Autos, an dem er vorbeikam, kurz inne und warf dienstbeflissen einen Kontrollblick auf den Anwohnerparkausweis, vertretungsweise und ehrenamtlich, eine Art Geheimagent des Ordnungsamtes auf Freizeitpatrouille. Schade, denkt er bestimmt, dachte ich, dass man außerhalb der Dienstzeit keine Strafzettel... Dann blieb er aber vor der Bäckerei stehen und war auch wieder viel zu warm angezogen. Rollkragenpullover und Lederjacke mit Webpelzkragen, die Jacke braun, eher senffarben, schlechtsitzende altmännerfarbene Hosen. Kratzer zog sich immer zu warm an und merkte es nicht einmal, wenn ich ihn fragte, ob er nicht schwitze, sagte er jedes Mal, nein, er schwitze nicht, obwohl man die Schweißperlen auf der Stirn sehen konnte und manchmal roch man sie sogar. Wahrscheinlich hatte er auch feuchte Hände,

aber ich hatte ihm kaum einmal die Hand gegeben. Jetzt, dachte ich, überlegt er, ob er vom Bäcker etwas mitnehmen soll und wenn ja, was. Hoffentlich nicht wieder diese Eierschecke wie beim letzten Mal, dachte ich noch immer mit nüchternem Magen, obwohl die Bäckerei, wie es hieß, gerade für ihre Eierschecke berühmt war, aber der Ruhm war verblasst wie ein halbbackenes Brötchen.
Kratzer ging dann doch nicht in den Laden, sondern betrachtete sich nur in der Schaufensterscheibe, schien mit dem, was er sah, zufrieden, zupfte nur kurz am Kragen seiner Jacke, die, wie gesagt, viel zu dick war, und ging dann weiter. Er wird doch auf seine alten Tage nicht noch eitel werden, dachte ich, während Kratzer nun schon an der Kreuzung stand und, obwohl weit und breit kein Auto zu sehen war, an der Fußgängerampel auf Grün wartete, während eine Gruppe Schulkinder an ihm vorbei schon auf die Straße stürmte und ihm fast die Aktentasche aus der Hand riss. Und ich dachte an Katharina, deren Gang selbst nach einem langen Arbeitstag immer so unbeschwert gewirkt und manchmal sogar etwas Kindliches gehabt hatte, besonders im Sommer, aber wenn ich an sie dachte, war fast immer Sommer, vielleicht, weil ich sie nicht ohne ihren Körper denken konnte, der mich nach all den gemeinsamen Jahren noch immer erregt hatte. Diese Verspieltheit zum Beispiel, wenn sie, einer Laune folgend, in ihrem bunten Sommerkleid plötzlich losgerannt war und der dünne

Stoff ihre nackten Beine umflattert hatte, oder aber, wenn sie auf dem Gehsteig einfach stehengeblieben war, um verträumt in die Wolken zu schauen. Und wie sie mir dann begeistert von den Wolken erzählt hatte, die dann nicht mehr nur Wolken waren, sondern phantastische Geschöpfe und Fabelwesen, verschleierte Feen, die wie hingehaucht vorbeizogen, Buddhas thronten am Himmel und bliesen aus vollen Backen, und an manchen Abenden waren die Wolken wie flüchtig hingetupft und hatten einen rosa Schimmer wie das Gefieder der Flamingos. Oder im letzten Herbst, wie hatte sie sich über die Vögel gefreut, die in strengen Formationen nach Süden geflogen waren, Enten oder Gänse zumeist, manchmal sogar Kraniche, und wenn sie die Augen schloss, waren es wirklich Flamingos. Sie habe, hatte sie behauptet, das Rauschen der Flügelschläge gehört und meinen Einwand, es könne vielleicht nur das Dröhnen vom Autobahnzubringer gewesen sein, mit einem Lachen beiseite gewischt, hatte ihren Mund an mein Ohr geschoben und das Rauschen nachgeahmt.

Jetzt war der Himmel leer, Kratzer stand an der Straße und wartete noch immer, hängende Schultern und trauriger Hundeblick. Und das ist also der Mensch, auf den du jetzt wartest, dachte ich, nur weil er vor Jahrzehnten zufällig in die gleiche Schule gegangen war und dann ein Wasserrohrbruch die Mitarbeiter des Straßen- und Tiefbauamtes ins Kulturamt gespült hatte. Wie das Leben so spielt. Ich starrte auf Kratzer,

bis die Ampel auf Grün sprang, und als er endlich schleppenden Schrittes loslief, sah ich kurz hinüber zu Rimböcks Haus, wo das bisher offene Fenster, Moment mal, das kann doch nicht sein, plötzlich geschlossen war. Ich schob meinen Kopf näher an die Scheibe, als könnten ein paar Zentimeter das Bild verändern. Die Scheibe beschlug, doch kein Zweifel, alle Fenster von Rimböcks Haus waren geschlossen. Also doch, dachte ich, er muss ..., ja was eigentlich? Oder hat er eine Putzfrau? Die Klingel riss mich aus meinen Gedanken. Vielleicht war es mir nur so vorgekommen, bisher hatte ich immer geglaubt, sogar Kratzers Klingeln sei schüchterner und sanfter als bei anderen, als streichle er den Knopf nur, diesmal aber klingelte er Sturm. Also gut, ich betätigte den Türöffner und eilte zurück zum Fenster, um Rimböcks Haus weiter zu beobachten, gleich morgen, dachte ich, werde ich diese verfluchte Klingel abstellen, dann wird Ruhe sein für immer.
Ich hörte, wie Kratzer ins Haus kam, langsam die Treppen hinaufstieg, wie er vorsichtig die Zimmertür öffnete, dann hinter meinem Rücken stand, er atmete schwer, und es machte mir Spaß, ihn nun einfach eine Weile so stehen zu lassen. Ich starrte weiter auf Rimböcks Haus, wo alles unverändert blieb, und auf die rücklings auf dem Fensterbrett liegende Fliege, deren Beine zappelten, während der Körper, angetrieben von den letzten Versuchen eines Flügelschlags, surrend kreiselte. Ich wartete auf Kratzers Reaktion.

Wenn er sich wenigstens räuspern würde, dachte ich, oder die Jacke, er könnte sich doch endlich diese verdammte, viel zu warme Jacke ausziehen.
Und?, fragte ich nach einer Weile und wartete auf seinen Vorschlag, aber er schwieg, und auch die Fliege gab endlich Ruhe. Ausgerechnet an dem Tag, an dem ich beschlossen hatte, wenn überhaupt, dann nur noch dieses eine Mal seinem Vorschlag zu folgen, kam von Kratzer nichts. Er wollte stattdessen wissen, wann ich endlich wieder ins Büro gehen wolle. In welches Büro?, fragte ich, ohne mich umzudrehen. Er meine, wann ich wieder arbeiten wolle, er verstehe meine Lage, aber Katharina sei nun schon einige Monate tot, und ich könne doch nicht ewig... Was?, fragte ich. Ich meine ja bloß, sagte er, den Blick nach vorn richten, sagte er und stellte endlich seine Aktentasche ab, denn seit Katharina nicht mehr da war, packte er sie eher beiläufig aus, fast heimlich, als handle es sich bei dem Mitgebrachten aus seinem Garten um eine Art Almosen, deren Annahme mich nicht kränken sollte. Ein Bund Möhren, drei Äpfel, eine besorgte Frage, er meinte es gut.
Ich hatte meinen Job bei den Städtischen Kunstsammlungen schon eine Weile gekündigt, aber das wusste Kratzer nicht, es ging ihn auch nichts an, sollte er sich doch weiter über seinen freien Mittwoch freuen, darüber war ich längst hinaus. Für zwei, drei Antiquitätenhändler und einige Sammler, die ich in der Stadt kannte, würde ich, wenn

überhaupt, vielleicht noch kleinere Restaurierungsarbeiten in meiner privaten Werkstatt erledigen, Verschönerungen für den Hausgebrauch, einfache Werkeleien, ein bisschen Gips hier, ein bisschen Firnis da. Aber wozu? Ich hatte die Lust verloren, ich brauchte nicht mehr viel, und im Grunde waren meine Ersparnisse groß genug, um die paar Jahre bis zur Rente über die Runden zu kommen, was danach kommen würde, war mir ohnehin egal. Es waren natürlich nicht meine Ersparnisse, es waren unsere Ersparnisse. Mit Katharina hatte ich von einer Weltreise geträumt, vor allem sie hatte darauf gedrängt, wir hatten schon ein Sabbat-Jahr beantragt, in ein paar Wochen hätte es eigentlich losgehen sollen. Als Katharina vor einigen Jahren gelesen hatte, dass am Chiemsee einige wahrscheinlich aus einem Zoo entflohene Flamingos lebten, waren wir nach Bayern gefahren, hatten die Vögel aber nur ein Mal und aus großer Entfernung gesehen, vor zwei Jahren waren wir in der Camargue zwar erfolgreicher gewesen, aber Katharina wollte dann trotzdem zu den Andenflamingos nach Südamerika, nach Kuba und an den Natronsee in Tansania. Sie wollte die Vögel fliegen sehen, einen Himmel voller Flamingos. Wir hatten uns alles genau überlegt, hatten schon alles geplant, nur mit diesem verfluchten LKW hatten wir nicht gerechnet. Und nun würde ich das für unsere gemeinsame Weltreise vorgesehene Geld nutzen, um der Welt allein zu entsagen.

Die Dielen knarrten und ächzten, Kratzer stöhnte und seufzte. Er packt also seine Tasche aus, dachte ich, und weil ich wieder stur aus dem Fenster starrte, sagte er dann doch, hier ein paar Äpfel, eigene Ernte, und fügte, weil ich noch immer nicht reagierte, stolz die Sorte an, Goldparmäne, sagte er. Wollen wir zusammen frühstücken?, fragte ich ihn und ärgerte mich sofort über das Angebot, denn Kratzer stimmte zu, sehr gern, sagte er, ein Tasse Tee würde ihm aber genügen, gegessen habe er schon. Das trifft sich gut, sagte ich, denn viel habe ich ohnehin nicht da, ich brauche auch kaum noch etwas, besonders am Morgen ist jeder Bissen eine Qual. Ich hätte ihn anrufen sollen, meinte Kratzer vorwurfsvoll, dann hätte er Marmelade mitgebracht. Schwarz, grün oder Kräuter?, fragte ich. Himbeere, sagte er, vielleicht auch Pflaumenmus, aber alles selbstgemacht. Ich meinte den Tee, aber dann hatte ich nicht einmal Tee im Haus. Macht nichts, sagte Kratzer, dann eben Kaffee.

Ich erzählte ihm auch, warum ich noch nicht gefrühstückt hatte, obwohl Mittwoch war und ich mit ihm gerechnet hatte, wegen Rimböck nämlich. Viel gab es freilich nicht zu erzählen, selbst wenn ich etwas übertrieb und behauptete, mein Nachbar sei seit einer Woche verschwunden. Spurlos, sagte ich, langsam mache ich mir Sorgen. Die Sache schien Kratzer zu interessieren, vielleicht war es auch nur Höflichkeit, jedenfalls kam er nun zum Fenster und musterte das Haus, er senkte ein wenig die Lider, seine Augen wurden schmal, er schwitzte und wirkte dabei so konzentriert, als inspiziere er einen möglichen Tatort. Gießen müsse da jedenfalls niemand, meinte er mit Blick auf den Garten. Dann wollte er wissen, ob ich ihm Rimböcks Autokennzeichen oder wenigstens den Typ seines Wagens nennen könne. Auch noch Krimi-Fan, dieser Kratzer. Ich konnte nicht. Die Autos sehen doch heutzutage alle irgendwie gleich aus, stammelte ich, aber irgend so eine Protzkarre wird er schon haben, Allradantrieb und getönte Scheiben, was weiß ich, und außerdem hat der Rimböck eine Tiefgarage unter seinem Steingarten, ich bekomme sein Auto ja kaum zu Gesicht. Schade, seufzte Kratzer, als gäbe es tatsächlich einen Fall, und das Auto könnte eine mögliche Spur sein. Als er dann seine Jacke auszog und über die Stuhllehne hängte, wirkte er so entschlossen, als werde er sich dieses Falles nun annehmen.

Endlich kochte das Kaffeewasser. Als ich es in die Kanne goss, Katharina hatte sich immer geweigert, Maschinenkaffee zu trinken, drehte Kratzer sich um, zog seine Nase kraus und fragte, ob ich das auch kennte, dass ein bestimmter Geruch eine bestimmte Erinnerung auslöse. Natürlich, sagte ich, obwohl mir im Augenblick kein entsprechender Geruch einfiel, nur Katharinas Parfüm, dessen Duft noch immer in ihren Kleidern hing, an denen ich gelegentlich roch, aber das ging Kratzer nun wirklich nichts an. Er müsse beim Duft von Kaffee unwillkürlich an Leberwurstbrötchen denken. An was?, fragte ich ungläubig. Ja, an Leberwurstbrötchen, bestätigte Kratzer und lächelte versonnen, ich rieche Kaffee und sehe Leberwurstbrötchen. Ihm laufe schon das Wasser im Mund zusammen. Der Pawlowsche Hund, sagte ich. Nein, sagte Kratzer, mein Vater. Wenn sein Vater, der übrigens auch schon als Beamter bei der Stadtverwaltung gearbeitet habe, am Nachmittag vom Dienst gekommen sei, dann habe er zum Kaffee immer Leberwurstbrötchen gegessen, auch lange nach seiner Pensionierung noch. Er erinnere sich gern an die kleine Küche, wo der Vater unterm goldenen Licht der Lampe am Tisch gesessen habe, auf seinem Stuhl, in seiner Ecke, mit seiner Tasse, auf dem geblümten Wachstuch die Zeitung, die, nachdem er sie mit müden, vom vielen Aktenlesen geröteten Augen studiert gehabt habe, von Fettflecken übersät gewesen sei, dunklen, durchscheinenden Stellen, die an Pergament erinnerten, es sei so still und friedlich gewesen, nur das Rascheln des Papiers habe man gehört und des Vaters gelegentliches Schlürfen, der so eine Zufriedenheit ausgestrahlt habe, dass er, Kratzer, gedacht habe, wenn man so dasitzen könne, habe man es geschafft, habe es in seinem Leben zu etwas gebracht, kurz, wenn er Kaffee rieche, denke er eben an Leberwurstbrötchen, ob ich nicht vielleicht doch ... Nein, auf keinen Fall, sagte ich entschieden, ich esse schon seit Jahrzehnten keine Leberwurst mehr. Vielleicht klang das etwas brüsk, Kratzer jedenfalls stammelte sofort eine Entschuldigung, er habe ja nicht wissen können, dass er mit seinem Wunsch nach Leberwurst in ein Fettnäpfchen..., ob ich denn Vegetarier sei?, wenn ja, würde er das verstehen, man müsse umdenken, das Klima, das Tierwohl, er baue in seinem Garten schon seit Jahren... Nein, sagte ich, kein Vegetarier, wahrscheinlich ist es auch der Geruch, der mich an etwas erinnert. Oh, machte Kratzer, als freue er sich über diese Gemeinsamkeit. Auschwitz, sagte ich, bei mir ist es Auschwitz. Kratzer sah mich entgeistert an, er hielt meine Bemerkung wohl für eine Geschmacklosigkeit, einen schlechten Scherz, eine Provokation, er ging zum Küchentisch, arrangierte die Äpfel neu, zupfte am Möhrenkraut, er schien all seine Kraft zum Widerspruch zu sammeln, seine Nasenflügel blähten sich, endlich dachte ich, ein Vulkan kurz vor dem Ausbruch, aber es war ja kein schlechter Scherz, eine Provokation auch nicht, weshalb ich ihm die Kaffeetasse in die Hand drücken wollte, vielleicht konnte der Geruch ihn beruhigen, hier, sagte ich, nimm, sagte ich, aber die Tasse war viel zu heiß, so dass ich sie auf ein Tablett stellte, ich kann dir alles erklären, sagte ich, aber lass uns nach draußen gehen, ich brauche jetzt erst mal eine Zigarette.

Du rauchst zu viel, sagte Kratzer, als wir auf der Bank saßen. Ich weiß, sagte ich und zündete mir eine Zigarette an, wobei ich hinüber zu Rimböcks Haus sah, wo sich noch immer nichts verändert hatte.

Dann blies ich den Rauch in Kratzers Richtung, der gequält lächelte. Also pass auf, sagte ich, vor dem Studium war ich bei der Armee, achtzehn Monate Grundwehrdienst irgendwo im Land der drei Meere ... Wo?, fragte Kratzer ungläubig. Im Land der drei Meere, sagte ich, Waldmeer, Sandmeer, nichts mehr, du kennst die ganze Scheiße doch sicher auch. Nein, sagte Kratzer, ihn habe man ausgemustert, Scheuermann, sagte er, und es klang, als sei er stolz auf seine Krankheit. Na, dann bedank dich bei deinem Scheuermann, sagte ich, aber egal, jedenfalls hatten wir ein polnisches Partnerregiment in der Nähe von Krakau, Waffenbrüderschaft nannten sie das, und irgendwann fuhren ein paar von uns also dort hin, ein Freundschaftsbesuch mit Austausch von Traditionswimpeln, Fahnenappell und all dem üblichen Firlefanz und Brimborium. Kratzer machte ein Gesicht, als wäre er gern dabei gewesen.

Krakau also, sagte ich, das Touristenprogramm pflichtgemäß im Schnelldurchgang, der Wawel, die Tuchhallen, die alte Universität, in der Marienkirche der Hochaltar von Veit Stoß, wahrscheinlich hatten die Polen auf einer Besichtigung bestanden. Ehrfurchtsvoll und ohne Befehl stand ich in Habt-Acht, ein junger Rekrut, der der Delegation nur angehörte, weil er dem Politoffizier zuvor die Laubsägearbeiten seiner Kuckucksuhr ergänzt hatte, wofür der sich bedanken wollte, aber das, sagte ich, sei eine andere Geschichte. Strahlend die Flügel der Engel, das Gewand Mariens, die Aureolen, die polnischen Restauratoren hatten nicht mit Blattgold gegeizt, und ich würde bald ihr Kollege sein. Neben mir die glänzenden Ordensspangen und die baumelnden Schützenschnüre an den soldatischen Brüsten der höheren Dienstgrade, die ungläubig auf diese Marienerscheinung glotzten, mit demonstrativem Desinteresse versteht sich. Aber das war erst der Anfang, nun ging es erst richtig los, denn natürlich stand am nächsten Tag ein Besuch von Auschwitz auf dem Programm. Kratzer, sagte ich, das musst du dir vorstellen, wir also vor dem Tor, Arbeit macht frei, und dann ohne Tritt Marsch, Ruhe im Glied!, vorbei an den düsteren Ziegelhäusern und Baracken, der Kies knirschte unter unseren Stiefeln, nein halt, ich will nicht übertreiben, wahrscheinlich trugen wir nur die schwarzen Halbschuhe der Ausgangsuniform und standen dann mit diesen auf Hochglanz gewichsten Halbschuhen zwischen den Koffern, Schuhen, Brillen und Haaren, Berge von Koffern, Berge von Schuhen, Berge von Brillen, Berge von Haaren, sage ich dir, sagte ich zu Kratzer, alles hinter Glas, und davor stehst du in deiner grauen deutschen Uniform und siehst dich in den Scheiben gespiegelt mit deiner grauen deutschen Uniform, die den Uniformen auf den Fotos im Museum immer noch ähnlich ist, zum Verwechseln ähnlich, die Ordensspangen, die Schützenschnüre, die die Bilder der Leichenberge überlagern, weißt du, was das bedeutet, Kratzer?, weißt du, wie man sich da fühlt?, nein, das weißt du nicht, das kannst du gar nicht wissen, du hattest ja deinen Scheuermann, aber ich will es dir sagen, zum Kotzen war das, aber der Tag, Kratzer, der Tag war noch nicht vorbei, noch lange nicht, denn nach dem deutschen Vernichtungslager ging es in einen polnischen Großbetrieb, den man den Waffenbrüdern nicht vorenthalten wollte, denn es war das Modernste und Effizienteste, was es auf diesem Gebiet im ganzen sozialistischen Lager gab, und darauf kann man doch stolz sein, das muss man doch vorzeigen, und nun Kratzer, kannst du mal raten, was das für ein Gebiet war, ich will es dir sagen, ein Schlachthof war es, durch den wir geführt wurden, wie wir vorher durch das Lager geführt worden waren in unseren grauen deutschen Uniformen, und an uns vorbei an den Laufbändern, als drehe sich im Fleischhimmel ein Karussell, schwebten die Rinder, aufgehängt an einem Bein, und mussten erst mal ein bisschen zucken und ein bisschen ausbluten und dann, ritschratsch, wurden ihnen die Köpfe abgesägt, ganz praktisch so eine freischwingende Kreissäge, und dann wurden ihnen die Bäuche aufgeschlitzt, und dann fielen ihnen die Innereien aus den Bäuchen, wabbelige dampfende Klumpen, die Gedärme glänzten blaugrau, und dann wurden die Körper halbiert, Kopf hoch Kameraden, was uns nicht umwirft, das macht uns hart, zu Befehl, Genosse Major!, und später in der Geflügelabteilung flatterten die Hühner kopfüber, und der kleine Schnitt durch die Kehle, das ist dann schon gar nicht mehr so schlimm, das ist dann schon fast ein Spaß, denn so ein Hühnerkopf ist ein Vogelschiss im Vergleich zu einem Rinderschädel mit seinen weit aufgerissenen Augen, und man ist auch froh, wenn das Geflatter endlich aufhört und die Viecher endlich friedlich an einem vorbeischweben, egal wohin, und nach so einem Tag, Kratzer, nach so einem Schlachtfesttag muss ein Soldat doch Hunger haben, also Abmarsch in die Kantine, weiße Fliesen, alles modern und sauber, alles hygienisch, Fleischbrühe und Leberwurstbrötchen, alles ganz frisch, so was bekommt man in einer Kaserne nicht, so was kann man sich doch nicht entgehen lassen, und was soll ich dir sagen, Kratzer, die meisten haben das Zeug gefressen, mit Appetit sogar, warum auch nicht, Essen beruhigt, aber der Geruch Kratzer, dieser Geruch, ich wusste nicht, was mich würgte, wahrscheinlich die enge Kragenbinde, aber die Ausgangsuniform hat gar keine Kragenbinde, eine Ausgangsuniform hat ein ordentliches Hemd, und so ein Hemd ist wie eine weiße Weste.

Kratzer wusste nicht wohin mit seiner Tasse, die ich randvoll gefüllt hatte, der Kaffee war noch immer heiß, und die ganze Zeit, in der ich sprach, hatte er sie mit spitzen Fingern zwischen seinen Knien gehalten und nicht aus den Augen gelassen, nun hob er sie vorsichtig an, kam ihr mit gespitzten, leicht zitternden Lippen entgegen, blies über die Flüssigkeit, die prompt überschwappte und vom Boden der Tasse tropfte. Entschuldigung, sagte er und hielt sie, sich dabei erhebend, ein Stück von seinem Körper weg. Die Lederjacke, die er sich locker über die Schultern gehängt hatte, rutschte zu Boden. Keine Ursache, sagte ich, ich habe schließlich keinen afghanischen Kelim auf dem Terrassenboden liegen. Doch Kratzer meinte gar nicht den verschütteten Kaffee, er meinte seinen Appetit auf ein Leberwurstbrötchen, als müsse man sich für den Appetit auf ein Leberwurstbrötchen entschuldigen, er meinte seine Kühnheit, mich mit so einem profanen Wunsch belästigt zu haben. Er sprach wirklich von Kühnheit, er sagte tatsächlich *belästigt* und stammelte noch einmal eine Entschuldigung, was mich aber auf die Palme brachte, er solle sich nicht ständig entschuldigen, fuhr ich ihn an, schließlich habe er über diesen Freundschaftszug nach Polen nicht die Befehlsgewalt gehabt und überhaupt, was könne er denn für die Macken seines Vaters. Ich solle seinen Vater aus dem Spiel lassen, sagte Kratzer, und auch das klang nicht wirklich entschieden oder gar böse, er trat von einem Fuß auf den anderen, als müsse er mal, er sagte es in einem fast weinerlichen Ton, der mich noch mehr in Rage versetzte.

Ich war zornig, Kratzer schwieg nun betreten, und dann war auf einmal Musik zu hören, das heißt, es war nur das monotone Dröhnen der Bässe, wumm! wumm! wumm!, ich hatte es zunächst nicht bemerkt, erst als Kratzer, der inzwischen wieder saß, mit seinem rechten Bein schon eine Weile rhythmisch auf den Boden stampfte, wahrscheinlich ohne sich dessen bewusst zu sein, hörte ich es. Der Krach, denn eigentlich war es ja das, für mich war es Krach, schien von Rimböcks Haus herüberzukommen, aber dort waren alle Fenster geschlossen, bestimmt wurde er von dort nur reflektiert, was wir hörten, war bloß ein Echo, dessen Ursache wer weiß wo lag, was den Lärm aber noch unangenehmer, fast bedrohlich machte. Ich sehnte mich nach Ruhe, der Krach ließ mich noch wütender werden, so dass ich es Kratzer dann doch sagte. Kratzer, sagte ich, es ist vorbei. Was? Er schaute mich verständnislos an. Unser gemeinsamer Mittwoch, sagte ich, die Ausflüge, die Unternehmungen, ich kann nicht mehr, ich will nicht mehr, ich bin müde, ich habe es satt.

Kratzer, die Nase über der Kaffeetasse, holte tief Luft, er hatte die Augen geschlossen und verstand offenbar nicht sofort, was ich meinte, fragte aber dann doch, was er denn falsch gemacht habe. Du hast nichts falsch gemacht, sagte ich, gar nichts, ich will einfach nicht mehr. Kratzer überlegte, man könne ja auch etwas anderes machen, er habe zum Beispiel nichts dagegen, mit mir im Garten zu arbeiten, wir würden ein paar Stunden zusammen Unkraut jäten und dann vielleicht noch auf ein Bier in die *Schwarze Seele* gehen, die Hauptsache sei doch, ich sei nicht allein. Nein, sagte ich, es ist vorbei, ein für alle Mal. Die Musik hatte abrupt geendet, in meinem Kopf hallte sie noch eine Weile nach, dann war aus dem Garten eine Amsel zu hören. Kratzer war enttäuscht, doch gleichzeitig machte er den Eindruck, als habe er all das längst erwartet, als sei die Enttäuschung der ihm gemäße Zustand, er saß regungslos auf der Bank, vornübergebeugt, die Ellenbogen auf die Knie gestützt, das Kinn zwischen den Händen, er starrte auf den Boden, wo seine Füße, fest auf die Fersen gestützt, mit den Ballen ganz langsam Sand und Dreck zusammenschoben, bis sich in der Mitte zwei kleine sichelförmige Dämme gebildet hatten, Rücken an Rücken liegend und die Kaffeeflecken verdeckend.

Irgendwie tat er mir leid. Kratzer konnte ja nichts dafür, er war der Kollateralschaden bei meinem Rückzug aus der Welt. Und wenn er sagte, ich dürfe nicht so viel allein sein, dann war in Wirklichkeit er es, der nicht allein sein wollte. Katharina hatte mir einmal erzählt, dass Kratzer sein Büro auch während der Mittagspause kaum verlassen hatte, wenn die anderen in die umliegenden Cafés und an die Imbissstände gedrängt waren, war er zurückgeblieben, hatte am Schreibtisch sein mitgebrachtes Essen verzehrt, allein zwischen aufgetürmten Akten. Er habe darunter gelitten und dennoch alle Angebote ausgeschlagen, sogar die von Katharina. Und mit mir wollte er sogar Unkraut jäten. Sollte ich mich geschmeichelt fühlen? Wir könnten ja heute noch einmal, lenkte ich ein, zum Beispiel, wenn du Lust hast..., es ist nur ein Vorschlag..., aber dann fiel mir doch nichts ein.

Wo sollte ich denn mit ihm hingehen? Als Kinder waren wir oft durch verwilderte Gärten und zugemüllte Hinterhöfe gezogen, durch Industriebrachen und den Stadtpark, als Indianer oder Partisanen, als Ritter oder Musketiere, als Räuber und Gendarmen, immer von anderen verfolgt oder andere verfolgend, immer auf der Suche nach Abenteuern, aber da, dachte ich, war Kratzer nie dabei gewesen. Er war also auch nicht dabei, als wir Roland suchten, der von uns mit Abstand der Jüngste war und deshalb glaubte, sich immer hervortun zu müssen. Mein kleiner vorlauter Bruder, der kein Risiko scheute und furchtlos immer einen Schritt zu weit ging. Und einmal, wir hatten den ganzen Tag auf einer verlassenen, von jungen Birken und Eschen überwucherten Brache jenseits des Damms einer stillgelegten Bahntrasse gespielt, war er verschwunden.

Es muss Ende Oktober gewesen sein, zwischen den rostigen Gleisen wogte das dürre Gras, ein kalter Wind trug das welke Laub vor sich her, er wehte über die Prärie und kräuselte die Pfützen. Züge fuhren hier nur noch in unseren Träumen, gezogen von schnaufenden dampfspeienden Stahlrössern, sie ratterten, begleitet von unserem Indianergebrüll, an der alten Ziegelei mit ihrem hohen, seltsam gekrümmten Schornstein vorbei durch den Wilden Westen.

Sollte mein Bruder einen dieser Züge bestiegen haben? War er davongefahren, zwischen den Puffern des letzten Wagens sitzend und die Beine über den dahinzuckenden Schwellen baumeln lassend? Wir suchten stundenlang nach ihm, schwärmten lärmend in alle Richtungen aus, auch das war zunächst noch ein Spiel, wir waren Kundschafter und Fährtenleser, noch hampelten wir herum, blödelten uns zu, hier nicht und da nicht, doch je länger wir alle möglichen Verstecke der Ruinencanyons und Trümmerwüsten vergeblich durchstreift hatten, desto stärker wuchs aus dem anfangs nur bangen Gefühl eine Angst, die keiner allein ertrug, also blieben wir nun zusammen, wurden immer kleinlauter und bekamen weiche Knie, die Kälte kroch unter die Jacken, und dann, es wurde schon dunkel, und die Ersten hatten sich bereits klammheimlich davongestohlen, fanden wir ihn endlich in der Ruine der ehemaligen Ziegelei, wo er durch eine marode Decke gebrochen war und mit einem verstauchten Fuß in einem dunklen Kellerloch hockte, aus dem er sich allein nicht befreien konnte. Wir sahen ihn da unten hocken, verängstigt und heulend, die Hände zwischen die Schenkel gegraben, zitternd vor Kälte, es roch nach feuchtem Mauerwerk, modrigem Holz und Angstschweiß, als ich mich herabließ und meinen großmäuligen kleinen Bruder in die Arme nahm, meinen leibhaftigen Bruder und Blutsbruder im Spiel. Ein Indianer, sagte ich, kennt keinen Schmerz.

Also dann, sagte Kratzer und wollte gehen. Wir könnten Rimböck suchen, schlug ich vor, obwohl ich wusste, dass dieser Vorschlag sinnlos war. Denn wo hätten wir ihn suchen sollen? Nein, sagte Kratzer, er sagte tatsächlich nein. Eigentlich hätte ich erleichtert sein müssen, denn nichts anderes hatte ich mir ja gewünscht, aber so wollte ich ihn nun doch nicht gehen lassen. Doch wie sollte ich ihn aufhalten? Sollte ich meine Hand auf seine Schulter legen, obwohl ich wusste, dass er jede Berührung hasste. Kratzer, sagte ich, hab dich nicht so, sagte ich, los komm! Er sah mich an, in seinen Augen spiegelte sich die Leere des Himmels, sein Blick hielt dem meinen nicht lange stand. Also dann, sagte er und ging, um seine Tasche zu holen, noch einmal ins Haus. Ich schaute ihm nach und hörte ein Seufzen, das wie ein Schlussstrich unter einer Rechnung war, und ich überlegte, ob er nun auch die Äpfel wieder mitnehmen würde.

3

Und dann war ich endlich wieder allein. Ich stellte die Gartenbank hochkant, rückte sie zur Seite und holte mir den alten Schreibtischstuhl, auf dessen rissigem Leder man nur allein sitzen konnte, eingezwängt zwischen den hölzernen Armlehnen. Es war eine gewöhnliche Wochentagvormittagsstunde voll sonntäglicher Stille, selbst das ferne Dröhnen des Autobahnzubringers hatte um diese Zeit etwas Beruhigendes. Das Herbstlicht war wie ein Versprechen oder sogar eine Verheißung, ich wusste nur nicht, worauf. Der Tag schwamm in Formalin. Ich lehnte mich zurück und zündete mir eine Zigarette an, vielleicht würde es doch noch ein schöner Tag. Es war vollkommen windstill, die Rauchschwaden der Zigarette sammelten sich unter dem Vordach zu schönen blauen Wolkenbänken. Manchmal wünschte ich mir, mich in Rauch aufzulösen.

In meiner Werkstatt, Katharina hatte den großen Raum im Erdgeschoss unseres Hauses, der ursprünglich als Wagenremise gedient hatte und dann bis zur Sanierung zum Refugium der Tauben und Ratten geworden war, immer Atelier genannt, wohl wegen seiner Höhe und der großen Fenster, die wir an Stelle des Tores eingesetzt hatten, aber ich mochte den Ausdruck nicht, weil er zu prahlerisch, fast anmaßend klang, in der Werkstatt also lag noch immer das Gemälde, das Katharina einst für wenig Geld auf einem Trödelmarkt gekauft hatte. Eine Herbstlandschaft im Nebel, Öl auf Leinwand, ziemlich starkes Krakelee, über die Signatur, ein kaum zu entzifferndes Kürzel, hatte sich nichts herausfinden lassen. Auch eine Jahreszahl war nicht vorhanden, aber ich schätzte die Entstehungszeit auf das Ende des neunzehnten Jahrhunderts, was der Entstehungszeit unseres Hauses entsprach, so dass ich mir vorstellt hatte, das Bild sei quasi an seinen Bestimmungsort zurückgekehrt.

Das Gemälde war arg verschmutzt, und die Leinwand hatte einen kleinen Riss. Caspar David Friedrich für Arme, hatte Schewinski damals gespottet, als ich ihm ein Foto des Bildes zeigte. Klaus Schewinski war ein Kollege, arbeitete aber für die Staatlichen Museen, was einen gewissen Dünkel nach sich zog, er war Experte für alte Gemälde und gut in dem, was er tat, verdammt gut sogar, handwerklich war er ein Meister, im Aufspüren alter Farbpigmente galt er als Genie, das alle um Rat fragten, irgendwann, so war der Plan, würde er über all das ein Buch schreiben, und niemand zweifelte daran, dass es ein Standardwerk werden würde. Schewinski war stolz darauf, eine Zeichnung von Rembrandt restauriert zu haben. Ich hatte einmal einen Rembrandt auf der Couch liegen, versäumte er bei keiner passenden Gelegenheit großspurig zu verkünden, und passend dafür schien ihm jede Gelegenheit. Wie gesagt, handwerklich war er ein unbestrittener Meister, aber im Künstlerischen war sein Urteil immer nur Zitat, er kroch vor jedem Kanon zu Kreuze und ließ nichts gelten, was nicht durch die Kunstgeschichte und die höheren Weihen wissenschaftlicher Abhandlungen geadelt war, schwärmte aber dann mit einem Überschwang und in einer gestelzten Sprache oder spielte sich im gegenteiligen Fall als Vollstreckungsgehilfe auf, dessen Waffe andere geschärft hatten, was mich misstrauisch machte und oft zum Widerspruch reizte. Zumindest knirschte ich mit den Zähnen, immerhin galt Schewinski als Koryphäe.

Katharina hatte das Bild ohnehin nur wegen des vergoldeten Stuckrahmens gekauft, wohl in der Hoffnung, ich würde die ausgebrochenen Stellen ersetzen und die klaffenden Gehrungsfugen neu verleimen. Ich sollte einen Spiegel einsetzen, unser alter im Bad war zwar aus geschliffenem Glas, aber an vielen Stellen erblindet, immer stärker blätterte die dünne Beschichtung ab und hinterließ bizarre Konturen, als fresse sich ein Hochwasser allmählich ins Land. Mich hatten die blinden Flecken zwar nicht gestört, manchmal waren sie mir sogar recht, aber ich hatte nichts eingewendet, ja es ihr vielleicht sogar versprochen. Ich hatte damals viel zu tun, die Städtischen Sammlungen hatten gerade den umfangreichen Nachlass eines Hobby-Heimatforschers angekauft, Stadtansichten, historische Führer, Dokumente und Objekte des örtlichen Handwerks, ein beachtliches

Konvolut, es war erstaunlich, was solche Leute in ihrer Freizeit zusammentrugen, Autodidakten gingen ihrer Leidenschaft oft mit großem Ernst und fast missionarischem Eifer nach, leider war alles vom letzten Hochwasser arg in Mitleidenschaft gezogen worden, und überhaupt, die Zweckentfremdung des Rahmens war mir zuwider, sie kam in meinen Augen einer Entweihung gleich, also war alles liegengeblieben und vergessen worden. Schon kurz nach Katharinas Unfall aber hatte mich dann das schlechte Gewissen geplagt, wenigstens jetzt wollte ich mich ans Werk machen, das Denken an ihren Tod hatte mich gelähmt und jede Ablenkung war mir willkommen gewesen, außerdem hatte ich geglaubt, es ihr schuldig zu sein. Ich hatte das Bild dann aber nur in meiner Werkstatt aufgehängt, und dort hing es noch immer.

Eine Berglandschaft zwischen Melancholie und Idylle, kein Meisterwerk, trotz des Sujets vielleicht zu gefällig und doch, ich hatte Gefallen an ihm gefunden. Je länger das Bild hing, desto weniger störte mich der desolate Rahmen, ja ich hielt den Zustand nun sogar für angemessen, auch die Verschmutzung und der kleine Riss stachelten meinen Ehrgeiz nicht an. Unverkennbar, der unbekannte Maler hatte einen Sinn für Romantik und kein Klischee ausgelassen. Im Vordergrund erhob sich eine uralte, windzerzauste Eiche mit kahlen Zweigen, auf einem der knorrigen Äste hockte eine Krähe, die, den Kopf zwischen die

Flügel geduckt, eher einem Geier glich, wie gesagt, es war kein Meisterwerk. Rechts vom Baum, etwas weiter hinten und im goldenen Schnitt, ragten die bizarren Reste einer verfallenen Burg aus dem wabernden Nebel, durch eine Fensteröffnung lugte ein blasser Mond. Der schmale Weg, der zwischen Baum und Ruine wie aus dem Nichts auftauchte, mündete in eine Wagenspur, die auf der rechten Seite wieder abbrach, weil der Holzsteg, der über einen tief in den Fels geschnittenen Bach führte, in der Mitte jäh endete, nur ein zerbrochenes Brett hing noch über der schäumend tosenden Gischt. Und über allem brach die Dämmerung herein, was freilich auch an der Verschmutzung liegen konnte, aber das war mir egal, denn, und das war mir das Angenehmste, auf dem Bild waren keine Menschen.

In der realen Welt gab es kaum noch Orte ohne Menschen. Die Arktis, der Mount Everest, überall Menschen, in der Wüste war vielleicht noch hier und da etwas Ruhe, wenn nicht gerade eine Rallye tobte. Eines Tages, dachte ich, wenn ich den Anblick von Rimböck und seinem Garten nicht mehr ertragen und deshalb nicht mehr auf der Bank vor dem Haus sitzen könnte, würde ich mir dieses Bild in meiner Werkstatt ansehen, ich würde auf dem alten dreibeinigen Schemel sitzen und nichts weiter tun als schauen, einfach nur schauen und warten, bis das Gefühl, in einer Falle zu sitzen in ein Gefühl der Behaglichkeit umschlüge. Die Tür wäre von innen verschlossen und niemand könnte mich stören, wenn ich in Gedanken den einsamen Weg am Fuße der Ruine zum Bach hin... Und dann krächzte plötzlich die Krähe. Ich hob meinen Blick, oben im dürren Geäst der alten Eiche musste sie sitzen, doch dann sah ich sie wie schon am frühen Morgen über Rimböcks Garten und erinnerte mich an einen Ausflug mit Katharina und einer ihrer Kolleginnen aus dem Kulturamt. Auch damals hatte eine Krähe, die eine Nuss zu knacken versuchte, indem sie diese aus großer Höhe auf das Straßenpflaster fallen ließ, unsere Aufmerksamkeit erregt. Erst unsere Aufmerksamkeit, dann unser Mitleid, denn so oft der Vogel die Nuss auch zwischen den Schnabel nahm, nach oben flatterte, Maß nahm und sie fallen ließ, die Nuss blieb unversehrt. Bis Katharinas Kollegin es nicht mehr aushielt und auf die übers Pflaster kullernde Nuss zustürzte, vielleicht um sie für den Vogel zu öffnen, oder, ich wusste es nicht, für sich selbst. Aber als sie mit der vermeintlichen Nuss zurückkehrte, erwies diese sich als eine jener gelben Plastikhüllen aus dem Inneren eines Überraschungseis. Mit geübten Handgriffen gelang der Kollegin sofort, worum sich die Krähe vergeblich bemüht hatte, sie öffnete die Hülle und entnahm ihr eine kleine Figur, einen Pinguin, vom dem sie freudestrahlend und zu unserem Erstaunen behauptete, er stamme aus Madagaskar. Was, rief sie ob unserer Ahnungslosigkeit entsetzt, den kennt ihr nicht?! Dann machte sie die Arme steif und watschelte lachend ein paar Schritte hin und her, ihr Oberkörper schaukelte, sie schaute uns dabei erwartungsvoll an, als müssten wir es nun begreifen. Na, klingelt's endlich? Bei uns klingelte nichts, doch nach ihrer Erklärung, es handle sich um eine amerikanische Filmfigur und also um Kultur, nannten wir Katharinas Kolleginnen vom Kulturamt nur noch die Pinguine aus Madagaskar. Katharina war ein Flamingo unter den Pinguinen von Madagaskar, dachte ich, als die Krähe vor dem Fenster gerade auf einer Birke in unserem Garten zu landen versuchte, in der die Elstern ihr Nest hatten, hoch oben in der Spitze, wo das haarige Geäst einen Scheitel hatte, wobei sie von den dünnen hängenden Zweigen abrutschte, sich nur mit Mühe in der Luft hielt, so dass es für einen Moment aussah, als klettere sie mit ausgebreiteten Flügeln den Baum hinauf. Einige gelbe Blätter taumelten zu Boden, während die Krähe, attackiert von den panischen Elstern, nun einen der stärkeren Äste erreicht hatte, wo sie die verzweifelten und von Geschrei und Gezeter begleiteten Angriffe der Elstern, die ihr jetzt im Herbst längst leeres Nest noch immer verteidigten, ertrug, mit einer Mischung aus Gleichmut und Herablassung, wie mir schien.

Ich dachte an die Zeit, als Katharina den Rahmen gekauft hatte, damals bin ich noch stolz auf meinen Beruf gewesen. Ich habe an der Restaurierung alter Fresken in einigen Kirchen und Schlössern der Umgebung mitgewirkt und im Stadtmuseum tragen einige Exponate meine Handschrift, nein, sie tragen nicht meine Handschrift, denn genau darauf kommt es ja an, sich selbst zurückzunehmen, die historische Substanz zu verstehen und sich ganz in den Dienst eines längst verstorbenen Künstlers zu stellen, und das habe ich gern getan, auch wenn ich wusste, dass jede Restaurierung den Gegenstand in einen Zustand versetzt, den es wahrscheinlich so nie gegeben hat. Und doch, die Ergebnisse sind noch immer zu sehen und können sich sehen lassen, auch wenn ich sie mir nicht mehr anschauen werde, jedenfalls habe ich mein Bestes gegeben, aber das ist es nicht. Was mich stolz und zufrieden gemacht hat, war eher das Bewusstsein, dem maßlosen Überfluss in der Welt nichts hinzugefügt, sondern vielmehr etwas Erhaltenswertes gesichert zu haben. Ich hatte nichts dagegen, die Asche zu bewahren, es waren schließlich schon genügend Leute damit beschäftigt, die Flammen weiterzutragen, wie man sagt. Ich hatte ihnen lange zugesehen, sie viel zu lange ertragen, diese modernen Fackelträger, die in den Galerien und Kunsthäusern mit großen Worten zündelten und doch nur Rauch erzeugten, diese Aufhübscher, die ihren schlechten Geschmack als heiße Waren handelten und von willfährigen sogenannten Kritikern immer wieder aufwärmen ließen, oder diese Erfüllungsgehilfen der Investoren, die sich noch immer Architekten nannten und mit ihrer Bauwut ganze Stadtteile verunstalteten und sich als eitle Phönixe gerierten, wie satt ich das alles hatte! Ich konnte es nicht beweisen, war aber mit dem Dünkel des jeder Pflicht Enthobenen überzeugt, dass Rimböck in seinem Metier zu den Fackelträgern gehörte, wenn nicht direkt, so war er mit seinem von allen Zweifeln scheinbar unbelasteten Machertum doch ein Nutznießer oder zumindest verstrickt in die Orgie der Maßlosigkeit und des schlechten Geschmacks, die ich nicht mehr ertrug, ich wollte ihm keine mildernden Umstände zugestehen. Diese Zielstrebigkeit, mit der er jeden Morgen pünktlich sein Haus verließ, dieses Musterschülergehabe... Oder hatte er dem Ganzen jetzt ein Ende gesetzt? War er vielleicht geflohen? Saß er längst irgendwo am Meer und amüsierte sich über den komischen Kauz, der jeden Morgen mit einem Kaffee und einer Zigarette auf der Terrasse vorm Haus gesessen und auf ihn gewartet hatte? Denn wahrscheinlich hatte er genau das gedacht. Dass ich auf ihn wartete. Ich wusste nicht, warum mich sein Fernbleiben so beschäftigte, warum es mich verwirrte und beunruhigte, eigentlich wollte ich Rimböck ignorieren, er war mir ja egal, aber ich bekam ihn nicht aus dem Kopf, ich hatte mich in ihn verbissen. Oder war er nur ein Spiegel, war ich es selbst, in den ich mich verbissen hatte?

Katharina hatte Rimböck ebenfalls nicht gemocht und daraus nie ein Hehl gemacht, so viel ich wusste, hatte auch sie nie mit ihm gesprochen, nur ein paarmal mit seiner Frau, die man damals noch manchmal am geöffneten Fenster gesehen hatte. Sie trug meist einen schwarzen Kimono, der vor der Brust nur notdürftig geschlossen und äußerst aufreizend war, aber das war Katharina vermutlich egal. Mich erinnerte das Bild an eine Szene, die sehr lange zurücklag. Es war noch im Haus meiner Eltern, mein Zimmer hatte ein Fenster zum Hinterhof, wo oft und nur wenige Meter entfernt eine Frau am gegenüberliegenden Fenster erschien, um die Tauben zu füttern. Keine Ahnung, wie alt sie war, mir erschien sie damals alt, ihr Haar war zerwühlt, obwohl es schon spät am Vormittag war, sie trug einen ausgeblichenen, gestreiften Bademantel, den sie, sobald sie mich sah und während sie mit der rechten Hand Futter streute, von der linken Schulter rutschen ließ, so dass die weiße, talgige Haut sichtbar wurde, manchmal sogar eine der schweren Brüste, was mich jedes Mal verwirrte, auch die Tauben schienen in diesem Moment aufgeregter zu flattern und zu gurren, bis sie den Mantel ohne Eile wieder nach oben zog und mich dabei unverhohlen ansah. Ihr Lächeln hatte etwas Verruchtes und Herausforderndes, es war sogar ein Feixen, während Rimböcks Frau von ihrer Wirkung nichts zu bemerken schien und verträumt ins Weite schaute.

Und Rimböck? Er war selten zu sehen, aber wir hörten ihn manchmal schimpfen oder ungeduldig nach ihr rufen, hörten ihn aus der Tiefe der Wohnung, die in meiner Vorstellung jenen Musterwohnungen glich, die man aus Hochglanzmagazinen kennt, geschmackvoll und von penibler Ordnung, aber steril und irgendwie tot. Wenn seine Frau dann vom Fenster zurücktrat, sah man, wie eine Hand an den Kragen des Kimonos griff, den glänzenden Stoff zusammenzog und festhielt, während sie mit der anderen das Fenster schloss. Katharinas Gespräche mit ihr waren immer nur ein kurzer Plausch am Hochsicherheitszaun. Das Wetter, die Arbeit, die Gesundheit, die allgemeine Lage, genau wusste ich es nicht. Aber das wusste ich: Rimböcks Frau fiel auf, war elegant und stets nach der neuesten Mode gekleidet. Sie war hübsch und wusste es, das blonde Haar, vielleicht war es auch nur gefärbt, trug sie meist hochgesteckt, aber wenn es glatt und lang ihr Gesicht begrenzte und schmal machte, erinnerte sie mich an eine gotische Madonna, auch wenn Katharina ihre Züge oft als etwas gequält, vielleicht sogar kränklich empfand. Ihren Namen hatte ich vergessen, erinnerte mich nur, dass ich sie anfangs für eine Maklerin gehalten hatte, sie war aber Stewardess gewesen und deshalb viel unterwegs. Transatlantische Flüge, habe sie einmal gesagt und dabei, laut Katharina, so beiläufig und gelangweilt geklungen, als erkläre sie wieder einmal die Funktionsweise von Sicherheitsgurten und Schwimmwesten. Wie gut wir es doch haben, hatte Katharina jedes Mal gesagt und nach meiner Hand gefasst, wenn wir zusammen vor dem Haus saßen und den Rollkoffer rattern hörten, den sie, schon in Uniform

und den Blick himmelwärts, über den Fußweg zog und Rimböck allein zurückließ. Mich hat sie kaum beachtet, sie hatte etwas Unnahbares und hochmütig Gleichgültiges, und wenn ich sie grüßte, kam nur ein angedeutetes, immer etwas herablassendes Nicken zurück, das aber, ich konnte mich täuschen, auch etwas Herausforderndes hatte, eine versteckte Lust auf ein Spiel? Auch ihre Weltgewandtheit schien oft gekünstelt, wie von anderen abgeschaut. Und dann eines Tages, Katharina hatte zuvor ungewöhnlich lange mit Rimböcks Frau gesprochen, nannte sie ihn Rammbock. Dieser gemeine Rammbock, soll sie gesagt haben. Kurz darauf war Rimböcks Frau verschwunden, sie war einfach auf und davon, wir hatten zuerst eine längere Reise vermutet, vielleicht mit dem Flugzeug, aber nein, ein paar Tage später kam der Möbelwagen, sie war ausgezogen.
Katharina wollte mir nicht erzählen, worüber sie mit ihr gesprochen hatte, eine Sache unter Frauen, meinte sie nur. Was sollte schon sein? Ich konnte es mir denken. Und doch, Katharina schwieg. Der leichte Trotz um ihren Mund. Und was sprach aus ihren Augen? Solidarität unter Frauen? Misstrauen? Ein drohendes Unheil? Ich wusste es nicht, und gerade deshalb schmerzte es, für einen Moment schmerzte es, dieses Geheimnis, dessen Gegenstand für uns sicher belanglos war, mich aber quälte die Tatsache, dass es überhaupt ein Geheimnis zwischen uns gab, bis Katharina, zuerst hatte sie nur einen schalkhaften

Zug um den Mund, das bedrohliche Schweigen dann einfach weglachte und mich in die Arme nahm, wie sie jeden Fall ins Bittere mit einem Lächeln auffing. Schluss jetzt, sagte ich mir, du kannst nicht ständig an diesen Rimböck denken und auch noch an dessen Frau, und dann fiel mir plötzlich ihr Name ein, Adele, wie die Frau auf dem berühmten Gemälde von Klimt? oder nein, Adelheid hieß sie.

Ich hatte eine Weile auf dem Schemel gesessen, dann im Sessel, eine Weile auf dem Küchenstuhl, dann saß ich wieder auf der Terrasse und hielt es auf der Terrasse nicht mehr aus, auf einmal wurde mir auch das Gewohnte zur Last, der Anblick von Rimböcks Haus, die baumlose Kirchenallee, der Verkehr an der Kreuzung, alles war mir zuwider. Die Gründerzeithäuser waren noch enger zusammengerückt, einer Trutzburg gleich standen sie vor meinen Augen, die Fassaden grau, die Fenster hohläugig und blind, wie ein Abgrund klaffte die Straße, aus den Gullys stank es nach Verwesung. Oder schien alles nur so? Ich kannte diese Momente, in denen vertraute Gegenstände ihren Sinn verlieren, hatte schon erlebt, wie gewohnte Bilder plötzlich ihre Fremdheit offenbarten, nicht nur Dinge, auch Menschen, selbst Katharina war mir manchmal fremd erschienen... Vielleicht sollte ich mich beschäftigen?

Ich öffnete alle Türen, ging durch alle Räume, zog alle Türen wieder zu, vorsichtig, wie um niemanden zu wecken, das Haus, dachte ich, ist viel zu groß für mich. In der Werkstatt setzte ich mich, die Fenster im Rücken, auf den Schemel, der aus Eichenholz gefertigt war, eine solide Arbeit, so einfach und robust, dass ich mich mit einiger Sicherheit nie würde an ihm vergreifen müssen, er war für die Ewigkeit gemacht und nicht gerade bequem, aber das steigerte die Konzentration. Ich hatte schon lange nicht mehr gelüftet, es roch nach Farbe und Terpentin, ein wenig feucht auch, kellerfeucht wie in einer Gruft, obwohl der Raum nun schon lichtdurchflutet war, so dass selbst der Nebel auf dem Gemälde des unbekannten Malers einen seltsamen Glanz hatte. Aufgewirbelter Staub trieb träge durch die einfallenden Lichtstrahlen. Die Fenster sind viel zu groß, dachte ich und nahm mir vor, die Scheiben demnächst zu verhängen, mit Jalousien oder dunklen Vorhängen vielleicht. Oder Rettungsfolie, dann würde ich in einem goldenen Käfig hocken. Rettungsfolie, dachte ich und hatte sofort das Bild von Katharinas Unfall vor Augen, ihr Körper eingehüllt in eine Folie, golden, wie ein gefallener Engel aus der Krakauer Marienkirche, auf der glänzenden Haut spiegelte sich das zuckende Blaulicht des Rettungswagens. Ich stand wieder auf, lief einige Schritte hin und her, als könnte ich den Bildern dadurch entkommen. Ich konnte dem Bild nicht entkommen. Fensterläden, dachte ich dann, am besten wären Fensterläden, wie in jenem Sommer in Frankreich, als sich Katharina das Kleid gekauft hatte.

Unser Sommer am Meer. Wir wohnten damals in einer winzigen Pension, einem schlichten sonnengebleichten Steinhäuschen, das Zimmer spartanisch, fast klösterlich karg, ein Bett, ein Schrank, ein Tisch, zwei Stühle und als einzigen Luxus die marineblauen Läden mit den verstellbaren Lamellen vor dem französischen Fenster. Der Balkon war hinter einem bauchigen Eisengitter lediglich angedeutet, das Zimmer ohne jede Dekoration, was mir gefiel, da Dekoration in den meisten Ferienzimmern Kitsch bedeutet, hier aber waren die grob geputzten nackten Wände nur schraffiert von den schmalen Lichtstreifen, die mit dem mal stotternden, mal jubilierenden Knattern der Mopeds von der Uferpromenade durch die schmalen Ritzen der Fensterläden ins halbdunkle Zimmer fielen, auch am Abend noch, wenn die Sonne tief stand und die Lamellen hochgeklappt waren. Oder war es schon die Vollmondnacht? Ich hatte den Raum unser Vasarely-Zimmer getauft. Das war eine Marotte von mir, über die Katharina sich gern lustig gemacht hatte, manchmal, wenn ich musste, zog sie mich mit der Bemerkung auf, ich gehe wohl auf das Duchamp-Pissoir, und als sie dann auf dem französischen Bett lag, im Halbschatten, der eher ein Halblicht war, mit nichts bekleidet als diesen matt leuchtenden schwarzweißen Streifen, fragte sie mit einem herausfordernden Lächeln, an wen ich jetzt dächte. Moholy-Nagy? Man Ray? Ich dachte nur an eines, und wir liebten uns nach allen Regeln der Kunst. An Schlaf war ohnehin nicht zu denken, die Mopeds stotterten ausdauernd die ganze Nacht, die jugendlichen Fahrer hockten zusammengekauert auf ihren Maschinen, die behelmten Köpfe verbissen nach vorn geschoben, bis sie die Oberkörper an einer imaginären Ziellinie plötzlich übermütig zurückwarfen, die Arme und Beine dabei steif von sich gestreckt. Die ganze Nacht war erfüllt von ihrem Lachen und Lärmen, wir standen mitunter am Fenster und sahen ihnen zu, teilten ihren Jubel und warteten bis zum Morgen, als nur noch das leise, gleichmäßige Rauschen des Meeres zu hören war und ab und zu der gellende Schrei einer Möwe.

Während ich noch immer auf den glänzenden Nebel des Gemäldes starrte, klammerten sich meine Gedanken an die laue französische Nacht, ich versuchte mir Katharinas Körper vorzustellen, versuchte den aus Licht und Schatten gewebten Überwurf von ihrem Fleisch zu ziehen ... Da klingelte plötzlich das Telefon. Immer im falschen Moment klingelt zuverlässig und rücksichtslos das Telefon, ein heimtückischer Angriff aus dem Hinterhalt. Wer konnte das sein? Sollte Kratzer es sich anders überlegt haben? Du musst nicht nur die Türklingel abstellen, du musst auch unbedingt das Telefon stummschalten oder am besten gleich abmelden, du hast immer noch das Handy, dessen Nummer hatte ohnehin nur Katharina gekannt, sagte ich mir, während die impertinenten Töne durch die Werkstatt schrillten und meine Gedanken gleichzeitig schon die Wörter probierten, mit denen ich Kratzer entgegentreten wollte. Kratzer, dachte ich, werde ich sagen, es tut mir leid... doch dann zeigte das Display eine Nummer, die nicht Kratzers Nummer war, die ich aber kannte, nur zu gut kannte ich sie. Unwirsch raunzte ich meinen Namen in den Hörer. Oh!, hauchte eine verwunderte Frauenstimme in mein Ohr und piepste dann gleich eine Entschuldigung, die, weil ich beharrlich schwieg, kein Ende nahm. Die Nummer sei noch immer gespeichert, sie könne sich das gar nicht erklären, müsse wohl aus Versehen die falsche Taste, eigentlich kein Wunder bei der Hektik im Amt, der musikalische Herbst, der Literatursalon, die Landesmeisterschaft der Spielmannszüge, obwohl, eigentlich wollte sie schon lange mal, aber wie das so sei, die Arbeit, die viele Arbeit, sie wisse gar nicht, wo ihr der Kopf... und sie habe auch nicht aufdringlich sein wollen, nur um zu fragen, wie es mir gehe, hier sei alles beim Alten, das Leben müsse ja weitergehen, ich dürfe das nicht falsch verstehen, natürlich fehle Katharina... Ich nickte. Hallo, sind Sie noch dran? Ich nickte, im Hintergrund klapperte Geschirr. Sie müsse dann mal wieder, und ich solle die Störung entschuldigen. Sagte es und legte auf. Keine Ursache, hörte ich mich in den toten Apparat sagen und glaubte ihn davonwatscheln zu sehen, den Pinguin von Madagaskar. Sollte ich nicht mal versuchen, bei Rimböck anzurufen? Die Nummer, dachte ich, müsste irgend-

wo zu finden sein. Sie zu suchen, war ich aber dann doch zu antriebslos.
Fensterläden, dachte ich, das bedeutete Handwerker im Haus, würde ein beträchtliches Loch in meine Ersparnisse reißen und außerdem viel zu lange dauern. Also keine Fensterläden, dachte ich. Doch nachdem ich mich auf meinem Schemel eine Weile der Lethargie hingegeben und das einfallende Licht ertragen hatte, kam mir eine rettende Idee: Ich würde die Fenster einfach zukleben. Zuerst dachte ich an Zeitungen. Durch meine Arbeit wusste ich, dass alte Zeitungen zu allem Möglichen gut waren, ich hatte sie säuberlich gefaltet hinter alten Fotografien und Grafiken gefunden, sie hatten zerknittert die Hohlräume von Balkendecken und Stuckverzierungen ausgepolstert, Truhen und Schubladen waren mit ihnen ausgekleidet gewesen, und jedes Mal, wenn ich eine Seite fand, hatte ich sie interessiert gelesen. Zeitungen also, dachte ich, doch schon als ich die gestrige aufschlug, wusste ich, dass ich den Anblick der Schlagzeilen mit ihrem hysterischen Geschrei auf Dauer nicht ertragen würde. Ich hatte keine Lust auf Kriege und Krisen, Katastrophen und Korruption. Die Luftverschmutzung, das Abschmelzen der Polkappen, das Artensterben. Manche fürchteten um ihre Arbeit, andere fanden ihre Arbeit zu schlecht bezahlt, das alles langweilte mich. Es langweilte mich und war mir gleichzeitig zu viel.

Also keine Zeitungen, am Fenster nicht und überhaupt, doch zum Glück fielen mir die Papierrollen ein, die ich bei der Sanierung des Hauses in der ehemaligen Wagenremise gefunden und ohne zu wissen warum und wozu, aber man kann ja nie wissen, einfach aufgehoben hatte und seit dem schon mehrfach hatte wegwerfen wollen, dünnes weißes Papier, das Zerstörung, Verfall und Feuchtigkeit auf geheimnisvolle Weise getrotzt hatte, die Ränder schon leicht vergilbt, was sich, wie ich mir vorstellte, an den Fenstern gut machen würde, und so war es dann auch. Kaum hatte ich das Papier an die Fenster, auf deren Größe wir einmal so stolz gewesen waren, geklebt, breitete sich eine wohltuende Düsternis aus, ein Halblicht, in dem auch das Gemälde viel besser zur Geltung kam. Der Nebel wirkte jetzt bedrohlich, die Ruine geisterhaft. Doch halt: Ein kleines Loch mit Blick auf Rimböcks Haus? Ein kleines Loch mit Blick auf Rimböcks Haus! Und damit ich einen Beweis hatte für den Wechsel des Wetters und der Tageszeiten, für die Phasen des Mondes. So stand ich dann, zunächst wie zur Probe, die Arme ausgebreitet, die Hände links und rechts bequem auf den Fensterknäufen gelagert, die Stirn an der Scheibe, und spähte durch das Loch, das die Größe einer Kinderfaust hatte, mein Auge in die Welt, doch in der Welt gab es vorerst nichts zu sehen.

Dann fuhr plötzlich der Postbote vor und hielt mit einer scharfen Bremsung vor Rimböcks Haus. Ein

Möchtegernrennfahrer beim Boxenstopp. Der Paketmann war ein kleiner, drahtiger Südosteuropäer und wie immer in Eile, obwohl die Straße leer war, öffnete er die Fahrertür nur einen Spalt, rutschte vom Sitz, zwängte sich katzenhaft durch die schmale Öffnung, tänzelte um den gelben Kleintransporter, um am Heck gleich wieder in dessen Bauch zu verschwinden. Das Paket, mit dem er wieder auf die Straße sprang, war flach und ziemlich groß, wie ich einäugig beobachtete, schien aber leicht; als er den Klingelknopf am Gartentor drückte, balancierte er es angeberisch auf den abgespreizten Fingern der linken Hand wie ein versierter Kellner das Tablett über den Köpfen der Gäste durch enge Gänge, nicht ungeschickt, wie ich zugeben musste. Da kann er lange warten, dachte ich. Er wartete aber nicht, zwar klingelte er noch einmal, pro forma, wie mir schien, dann trug er das Paket zurück und wollte es schon wieder in sein Auto schieben, hielt plötzlich inne und schaute in meine Richtung. Erschrocken wich ich von meinem Loch zurück, obwohl er mich unmöglich hatte sehen können. Der wird doch nicht etwa… Und dann kam er mit dem Paket tatsächlich direkt auf mich zu. Was also tun? Ich hätte die Klingel sofort…, dachte ich, aber da klingelte es schon. Ich werde auf keinen Fall öffnen, dachte ich, während ich schon zur Tür schlurfte und überlegte, was in dem Paket wohl drin sein könnte. Eine neue, kunstvoll gefaltete Plastikpflanze? Prospekte einer noch sichereren Sicherheitsanlage? Es soll jetzt, dachte ich, Steinimitationen aus Kunststoff geben, vielleicht sogar zum Aufblasen. Rimböck hatte schon mehrmals merkwürdige Lieferungen bekommen. Manchmal kam er auch selbst mit Paketen nach Hause oder er hatte, wenn auch selten, ein Paket dabei, wenn er am Morgen das Haus verließ, ich hatte es vergessen, nun fiel es mir wieder ein. Neugierig riss ich die Tür auf, was bei dem Boten ein erleichtertes Seufzen hervorrief. Dann ein flehender Blick. Ob ich so freundlich wäre, ein Paket für R i m..., hier stockte er, schaute noch einmal auf seinen Handscanner, dann auf das Paket, aber es gelang ihm trotz kraus gezogener Stirn in beiden Fällen nicht, die Buchstaben zu einem Wort zusammenzuziehen. Ihr Nachbar, stammelte er nur und wies mit dem Kopf in Richtung meines Nachbarn. Rammbock?, half ich ihm freundlich aus. Sag ich doch, sagte sein Blick, und ich bestätigte den Empfang.

Das Paket stellte ich in die Mitte meiner Werkstatt. Es hätte ausgereicht, mühelos die Gipsplatte aufzunehmen, die ich als Modellierunterlage nutzte, aber wie gesagt, für seine Größe war es erstaunlich leicht. Laut Aufkleber sollte es weder geknickt noch geworfen werden, fehlt nur noch die Warnung vor radioaktiver Strahlung, dachte ich. Was wirklich fehlte, war der Absender, ich konnte es drehen und wenden, wie ich wollte, das Paket trug keinen Absender, der meine Spekulationen in eine Richtung hätte lenken

können. Die Aussicht, dass Rimböck es irgendwann abholen musste, hinterließ ein zwiespältiges Gefühl. Einerseits war ich erleichtert, dass er quasi gezwungen sein würde, sich nach seiner Rückkehr bei mir zu melden, andererseits war mir die Vorstellung, ihn demnächst an meiner Tür zu empfangen, unerträglich, in Gedanken heftete ich gleich ein Schild *Betreten verboten!* an die Werkstatt. Denn sofort stellte ich mir vor, dass Rimböck, stünde er einmal vor meiner Tür, nicht vor der Tür stehenbliebe, sondern den Moment, in dem ich das Paket holen würde, ausnützen, den Fuß über meine Schwelle setzen und hinter mir her in meine Werkstatt eindringen könnte, was den Zeiger der Unheilskala durch die Decke schießen lassen würde, und was selbst Katharina selten und auf keinen Fall unaufgefordert getan hatte.
Für Katharina war das von ihr so genannte Atelier ein Ort, den sie mit einer Mischung aus Scheu und Ehrfurcht betrachtet hatte, was ich schon damals nur schwer nachvollziehen konnte. Zugegeben, der ursprünglich große Raum hatte sich im Laufe der Zeit in eine enge Kammer verwandelt, gerade jetzt, im gedämpften Licht der papierbeklebten Fenster, wirkte er wie eine Höhle. Man könnte glauben, hier steht die Zeit still, hatte Kratzer behauptet, als er mich einmal in der Werkstatt überrascht hatte. Nein, Kratzer, hatte ich geantwortet, hier steht die Zeit nicht still, hier wird sie zurückgedreht! Aber Kratzer hatte sich mehr für meinen Garten interessiert und was dessen

Zustand für ihn bedeutete, wäre der Anblick meiner Werkstatt für Schewinski gewesen, ein Ärgernis, eine Zumutung, ein Zeichen von Verwahrlosung, die in seinen Augen meine Verwahrlosung war. Manchmal dachte ich, Schewinski glaubte wirklich, dass all die Kunstwerke, die er so überschwänglich bewunderte, in einem Milieu entstanden sein mussten, die dem des Hochglanzpapiers der Bildbände, den raffiniert ausgeleuchteten Glasvitrinen, den weißen Handschuhen, mit denen er sie berührte, entsprach, ja dass diese sie umgebende Aura sie überhaupt erst zu Kunstwerken machte. Und dann meine Werkstatt. Eine Rumpelkammer. Überall türmten, stapelten, häuften sich verschiedenste Gegenstände auf, skurrile Fundstücke, Fragmente allesamt. Verbeulte Zinnkannen, angeschlagene Keramiktöpfe, gesprungene Gläser. Zu Füßen der Wände breitete sich ein Lapidarium aus, kopflose Putti standen knietief in den Bruchstücken gipserner Friese, auf einer Sandsteinvolute lag mit seltsam dümmlichem Lächeln ein Engelskopf aus Marmor, überragt vom wulstigen Baluster eines gusseisernen Balkongeländers. In eine Ecke gelehnt, reichte eine Orgelpfeife fast bis zur Decke, während die lanzettförmigen Spitzen alter rostiger Metallzäune auf einem staubbedeckten Wandbord, nach einer geheimnisvollen Hierarchie sortiert, Spalier standen wie seltsam behelmte Krieger eines martialischen Heeres in der Wüste. Manche Spitzen waren schon so zerfressen, dass sich der

Rost in winzigen Plättchen gelöst und ziegelfarbige Asche kleine Kegelberge gebildet hatte. Zwischen einem fragilen Gewirr dicker Balken und schmaler Zierleisten wanden sich zart und formvollendet die hölzernen Rocailles einer ausgedienten Wandverkleidung, zusammengehalten scheinbar nur von einer alten Gewohnheit und von den Spinnweben, die, von der Last von Holzwurmmehl und Staub zu tiefen trichterförmigen Mulden geformt, nach unten gesackt waren und bei Zugluft zitterten. Eine Wand aber wurde überspannt von einem riesigen Regal, in dem verschiedenste Werkzeuge und die mit diversen Kleinteilen gefüllten Kisten und Kartons, die Schubladen, Dosen und Gläser noch ein System vorgaukelten, das, lange mit Mühe und Akribie erhalten, mir längst abhanden gekommen war. Und trotzdem, bisher hatte mich der Anblick immer beruhigt. Im Zentrum dieser Abstellkammer thronte ein großer Arbeitstisch, in dessen Mitte jetzt Rimböcks Paket stand, das ich immer wieder umschlich, mit den Augen vermaß und mit den Fingern streifte. Es war, als hätte ich nun eine Aufgabe. An Ruhe war natürlich nicht mehr zu denken.

4

Ich hatte den ganzen Tag gewartet, aber Rimböck hatte ich an diesem Mittwoch, an dem ich Kratzer zum letzten Mal gesehen hatte, nicht mehr zu Gesicht bekommen. Vielleicht hatte der Paketbote ihm in seiner Eile keine Nachricht hinterlassen, vielleicht war mein Nachbar erst sehr spät zurückgekommen und wollte nicht mehr stören, oder aber ..., jedenfalls war Rimböck nicht gekommen.

In der Dämmerung war ich noch einmal vors Haus getreten, hatte mich auf die Bank gesetzt und geraucht, in jener Stunde, in der in der Kaffeetasse längst Whisky war, die Fledermäuse wie aus dem Nichts auftauchten und ihren launischen Flug begannen, der mal einem unsicheren, fast hilflosen Geflatter von Schatten glich, für einen Moment schmetterlingshaft verspielt war, um nach einem abrupten Richtungswechsel an Mauersegler zu erinnern, die freilich schon längst Richtung Süden abgezogen waren, deren Flug mit pfeilschnellen wagemutigen Stürzen imitierend, so dass das Auge Mühe hatte, ihm zu folgen, bis sich die Tiere völlig in der Dunkelheit verloren und nur manchmal noch ein Hauch ihres Flügelschlags die Schläfe streifte. Die weiße Fassade von Rimböcks Haus hatte matt geschimmert, das Haus schien zu schweben, zu gleiten wie die Kommandobrücke eines Schiffes auf ruhiger, dunkler

See, doch keines der Fenster war erleuchtet gewesen, ein träge dahindümpelnder Havarist?, oder nein, es hatte wohl eher einem Eisberg geglichen. Nur einmal war der Strahler über dem Gartentor aufgeblitzt, entflammt wahrscheinlich vom Bewegungsmelder. Rimböck? Oder ein Gespenst? Erst als sich der Vorgang vor dem nächsten Haus wiederholte, hatte ich den späten Jogger erkannt, der dann, begleitet von einer La-Ola-Welle aus Licht durch die anbrechende Nacht getrabt war, zuletzt nur noch ein hüpfender, rot leuchtender Punkt, der schließlich verlosch.

Das Paket stand also noch auf dem Tisch in meinem Arbeitsraum, während ich am nächsten Tag eine Etage drüber am Schreibtisch in unserem Wohnzimmer saß, das nun schon lange einer Einzelzelle glich. Etwas fehlte. Katharina fehlte. Sie fehlte mir jeden Tag. Eigentlich war es ihr Schreibtisch, an dem ich saß, ein kleiner Biedermeier-Sekretär, den wir bei einer Haushaltsauflösung erworben hatten. Die Erben des Wohnungsbesitzers hatten ihn, als sie Katharinas Interesse bemerkten, als Damenschreibtisch angepriesen, was Katharina amüsiert hatte, des leicht bauchigen Unterteils wegen nannten wir ihn die dicke Dame. Im Staub auf der oberen Ablage war noch die runde Stelle zu erkennen, auf der lange Zeit der rosa Flamingo gestanden hatte, ich wischte mit den Fingern übers Holz, so dass der Abdruck verschwand. Erst vorige Woche hatte ich die Figur einer Thüringer Porzellanmanufaktur entfernt, weil mich ihr Anblick schmerzte, ich die Qual der Erinnerung nicht mehr aushielt. Nun gab es nur noch die Erinnerung an eine Erinnerung, und ich hatte gehofft, das würde den Schmerz vermindern, so wie die Kopie einer Kopie die Konturen einer Zeichnung verblassen ließ, nun aber schien die Leerstelle den Schmerz zu potenzieren.

Die Figur hatte ich einst während einer Dienstreise bei einem Antiquitätenhändler erworben und Katharina zum Geburtstag geschenkt. Sie war viel zu teuer gewesen, aber meine spontane Begeisterung über den Fund, die dem Verkäufer nicht verborgen geblieben war, hatte mich jeglicher Möglichkeit des Feilschens beraubt, er musste mich für einen hartnäckigen Sammler gehalten haben und das hatte seinen Preis. Porzellan gehörte eigentlich nicht gerade zu meinen Vorlieben, Porzellanfiguren schon gar nicht, deren üppige, meist sogar schwülstige Verzierungen und die oft bonbonfarbene Bemalung ich als Kitsch empfand, aber Katharina liebte nun einmal Flamingos, auch wenn ihr diese Leidenschaft manchmal peinlich war. Besonders einmal, als sich bei einem sogenannten Junggesellenabschied, dessen Zeugen wir in der Kirchenallee geworden waren, ein junger Mann, offenbar der zukünftige Bräutigam, aus der Gruppe der Feiernden löste und auf uns zu getorkelt kam, angetan mit einer Art Flamingokostüm. Sein Kopf steckte unter einer Haube aus rosa-samtigem Stoff, dem in Höhe der Stirn ein mächtiger Schnabel erwuchs und sich vor seinem Gesicht bis zum Kinn wölbte, während vor seiner Brust eine schlauchartige Wulst den Hals des Vogels darstellte, er reichte bis unter die Gürtellinie, wo er bei jedem Schritt baumelte, an der Hüfte aber klemmte er hinter einem Bauchladen, aus dem der Vogelmensch, Flügel hatte er nicht, eine in kleine Flaschen abgefüllte milchig trübe Flüssigkeit verkaufte, die er lauthals als Sperma anpries. Noch warm!, rief er unter dem Gejohle und Gefeixe der anderen und hatte sich nur mit Mühe abschütteln lassen.

Katharinas Porzellanflamingo hatte etwas von Art déco, und wie der Modelleur die filigranen Beine des Vogels geformt und den Rumpf geschickt gegen ein Büschel Schilf gelehnt hatte, war sogar bei Schewinski auf gewissen Respekt gestoßen. Kein Meißen, aber immerhin, hatte er gesagt, zwar mit einem ironischen Lächeln auf den Lippen, dann aber sogar den fließenden Schwung des Halses gelobt und so meinem Kauf im Nachhinein seine Absolution erteilt. Katharina hatte sich ohnehin gefreut und trotzdem, jetzt lag der Vogel meinen Blicken entzogen in einer Schublade, nichts sollte an sie erinnern. Wenn man der Erinnerung keinen Anlass gibt, dachte ich, ist es vielleicht leichter. Aber es half nicht, nichts half.

Es gab Momente, in denen mir das Zimmer fremd vorkam, die Möbel wie eingeschüchtert herumstanden, als seien sie zur Abholung bereit, Requisiten für ein längst abgesetztes Stück, in dem ich nun die

falsche Rolle spielte. Es war noch derselbe Schreibtisch, derselbe Stuhl, dasselbe Sofa, alles stand noch an seinem Platz, nur ich war wie an Ort und Stelle entwurzelt. Dann wieder, und das war weitaus häufiger, wusste ich, ich hatte mich in dieses Haus geradezu verbissen. Hier würde ich bleiben, mich verkriechen bis zum Ende. Und nun schien alles von Katharina beseelt, ich erkannte die Stellen, an denen sie die Dinge berührt hatte und berührte sie, mir fielen die Worte ein, mit denen Katharina sie bedacht hatte und sprach sie aus, ich ahmte die Blicke nach, die sie auf sie geworfen hatte, und so wurde mir bei allem, was ich sah, hörte oder befühlte, noch beim kleinsten Gegenstand, ihre Abwesenheit spürbar, als könne man durch diese Art des Buchstabierens der Vergangenheit alles neu beleben. Ich hatte gehofft, es würde vorbeigehen, aber es ging nicht vorbei. Überhaupt sprach ich jetzt oft mit mir, kommentierte meine Handgriffe, sagte mir meine nächsten Tätigkeiten vor. Oder ich sprach mit ihr. Ich wollte nicht einsehen, dass sie tot war. Katharina, erinnerst du dich?, fragte ich zum Beispiel, so selbstverständlich, als wäre sie da. Katharina, was meinst du dazu? War das die Einsamkeit? Sollte ich mir einen Hund anschaffen?
Da war das Sofa, auf dem ich jetzt manchmal schlief, wenn ich die Vorstellung von Katharinas leerem Bett neben mir nicht ertragen konnte. Die Decke war noch zerwühlt, ein paar Stunden musste ich letzte

Nacht also geschlafen haben, traumlos, jedenfalls konnte ich mich an keinen Traum erinnern, für ein paar Stunden war die Flucht in den Schlaf gelungen, die Flucht vor dem Film, der immerzu in meinem Kopf ablief. Aber gerade diese Stunden der Ruhe waren dann immer wie nicht gewesen, waren verflogen, ohne dass man das Vergehen der Zeit gespürt hätte, gerade im Schlaf machte die Zeit Sprünge. Ich ging ein paar Schritte hin und her, die Dielen knarrten, ich fand die Stelle, an der, wenn man sie betrat, der Flamingo leicht gezittert hatte, auch wenn ein schwerer LKW auf der Straße vorbeidonnerte, hatte er zu beben begonnen, man hatte es nicht sehen können, nur ein leises, dumpfes Vibrieren auf dem Holz war zu hören gewesen, jetzt fehlte mir auch dieses Geräusch. Katharina war dann manchmal aufgesprungen und hatte mit gespielter Besorgnis schnell nach dem Vogel gegriffen, als müsse sie ihn im letzten Moment am Davonfliegen hindern. Wahrscheinlich hätte der Flamingo auch am Tag des Unfalls gezittert, wäre der Unfall nicht passiert und der LKW nicht an der Kreuzung zum Stehen gekommen.

Und dann sah ich das Foto über Katharinas Schreibtisch, und zum ersten Mal fiel mir die Ähnlichkeit mit dem Gemälde in der Werkstatt auf. Auch auf dem in einem schmalen Metallrahmen und hinter Glas hängendem Foto gab es einen alten Baum, dessen dürre Äste aus dem Nebel ragten, der hier aber die gesamte Umgebung verschluckt hatte, wobei der blasse Mond, der auch hier zu ahnen war, sich bei genauerer Betrachtung nur als Lichtreflexion auf der Scheibe erwies. Doch trotz dieser Ähnlichkeit ging von dem Foto eine viel bedrohlichere Stimmung aus, was wohl nicht nur mit dem Motiv, sondern vor allem mit meinem Wissen um den Urheber dieser Aufnahme zusammenhing. Die Aufnahme stammte von meinem Bruder.

Roland hatte ich seit Katharinas Beerdigung nicht mehr gesehen. Ich hatte mir vorgenommen, ihn anzurufen, aber dann dachte ich immer wieder, warum ruft er denn nicht an. Aber nein, der Herr Forstassessor rief natürlich nicht an, der Herr Forstassessor wartete, dass man ihn anrief. Also gut, dachte ich, wie man in den Wald ruft, so schallt es heraus. Bei uns aber wurde nicht gerufen, also schallte auch nichts heraus. Trotzdem hörte ich jetzt in Gedanken meinen Bruder mit missionarischem Eifer dozieren, es war wie das Rauschen im Walde. Die Natur, hatte er einmal gesagt, sei ein Kunstwerk, das größte Kunstwerk überhaupt, nur mit der Erhaltung sei es schwieriger. Der kleine Bruder als großer Restaurator. Waldumbau, tönte er wichtigtuerisch, wenn er mal wieder ein paar Bäume gepflanzt hatte. Und sah sich natürlich gleich als Retter der Welt. Mein kleiner Bruder, der mich inzwischen um einen Kopf überragte mit seiner sportlichen Statur, er liebte große Worte und trug auch immer seine praktische Weltretteruniform. Schwere Wanderstiefel, derbe Arbeitshosen, Anglerweste und einen schwarzen Filzhut. Bei jedem Wetter. Die Weste speckig und mit vielen ausgebeulten Taschen. Messer, Bindfaden, Feuerzeug. Praktisch ein XXL-Multitool von Leatherman für alle Lebenslagen und die Reparatur der Welt. Garantiert rostfrei. Immer zünftig und mit allem ausgestattet, mein Bruder, sogar bei Katharinas Begräbnis, als wollte er selbst jeden Moment bei den Erdarbeiten mittun oder zumindest sofort danach für die Bepflanzung sorgen. Einheimische Gehölze. Nachhaltigkeit. Und immer strammen Schrittes unterwegs, so voller Entschlossenheit, aber nur im Gang, nur im Körper, denn sein Blick wirkte meist seltsam abwesend und war kaum zu fassen. Die letzten Worte, die ich an Katharinas Grab von meinem Bruder hörte, galten dem Rauchen, der Schädlichkeit des Rauchens und der totalen Vermüllung der Welt durch Zigarettenkippen, offenbar gehörte der Versuch, mich vom Rauchen abzubringen, zu seiner Mission. Die Rettung der Welt. Mir würde es schon genügen, wenn ich in meinem Leben nur einen einzigen Menschen glücklich gemacht hätte. War Katharina glücklich gewesen? Glücklich an meiner Seite? Jeder ist seines Glückes Schmied, sagt man und trotzdem, vielleicht hatte ich als Amboss getaugt, vielleicht war ich der Hammer gewesen.

Während ich noch immer auf das Foto starrte, fiel mir ein, dass mein Bruder die Bemerkung von der Natur als größtem Kunstwerk und der Schwierigkeit ihrer Restaurierung wahrscheinlich schon an jenem Tag im Beisein von Katharina gemacht hatte, als ich ihr zum ersten Mal begegnet war. Vielleicht war es sogar diese Bemerkung gewesen, die in gewisser Weise von meinem Bruder gegen mich gerichtet war und mich klein machen sollte, die Katharina letztlich für mich eingenommen hatte. Unsere Verbindung war sicher nicht Rolands Verdienst, er war nur eine Art Kristallisationskeim für den Zufall, so wie ein Staubkorn, um das sich eine Schneeflocke bildet, aber wer würde beim Betrachten einer Schneeflocke schon das Staubkorn loben. Ich hatte ihm also nichts zu verdanken, aber immerhin, durch ihn hatte ich sie kennengelernt.

Katharina war eine Bekannte von einer von Rolands Bekannten, irgendwann, als wir in der *Schwarzen Seele* am Tresen saßen, tauchte sie plötzlich auf. Roland, der zuerst eine Ausbildung zum Forstwirt gemacht und einige Jahre gearbeitet hatte, war damals gerade mit seinem Studium fertig geworden, er war auf der Suche nach einer Stelle, hatte wohl auch schon einige Angebote, einen Posten bei der Forstverwaltung, ein eigenes Revier, und wollte anscheinend einen Rat, was mich gewundert hatte, denn er gehörte nicht zu denen, die anderer Leute Ratschläge befolgen, schon gar nicht meine. Zwischen Entschlossenheit und Mutlosigkeit schwankend, fiel es ihm sichtlich schwer, die richtigen Worte zu finden, zumal das Stimmengewirr in der Kneipe alles verschluckte, dazu die Musik, das Schnaufen und Fauchen der Kaffeemaschine, jede vorsichtige Frage, selbst der leiseste Zweifel mussten beinah gebrüllt werden. Während sich unsere Köpfe so weit wie möglich einander zuneigten, sah ich, während ich auf die Worte meines Bruders hörte, im Spiegel hinter dem Tresen, wie sich die Lippen der entfernt sitzenden Gäste bewegten, es war wie in einem schlecht synchronisierten Film, und dann sah ich, wie eine Frau den Raum betrat. Sie war allein gekommen und stand zunächst noch etwas hilflos und suchend am Eingang herum, im Spiegel zwischen all den bunten Flaschen aber war sie mir so nah, als habe sie ihr Ziel schon erreicht. Auch hier an der Bar hockte mein Bruder wie auf einem Hochsitz, und während er auf mich einredete, sah ich, wie sie ihn erkannte, ein Nicken, ein Winken, und er ihren Gruß, der schüchtern und erleichtert zugleich wirkte, erst verspätet erwiderte, mürrisch und widerwillig, als verscheuche sie ihm das Wild. Ich sah, wie sie sich, die wedelnde Hand vom Grüßen noch immer in der Luft, einen Weg zwischen den eng stehenden Tischen bahnte. Sie trug ein weites Kleid aus dünnem Stoff, eine Art Hippiekleid mit Pailletten und Stickereien auf der Brust, es gab ihrem Gang etwas Schwebendes, fast Feenhaftes.

Und dann stand sie mit einem Seufzer der Erleichterung schon zwischen uns, so selbstverständlich, als seien wir verabredet. Meinem Bruder fiel ihr Name nicht ein, und schon als sie ihn nannte, schien es, als spreche sie allein zu mir. Der Duft ihres Parfüms mischte sich mit dem Zigarettenqualm, und Roland fühlte sich genötigt, ein Gespräch in Gang zu setzen, dem unser beider Blicke, der ihre und der meine, schon bald einen Schritt voraus waren, denn während er noch umständlich und lautstark das Wie und Warum ihrer ersten Begegnung ausbreitete, hatten wir schon die Ebene eines stummen gegenseitigen Erkennens erreicht, die unsererseits keiner Worte bedurfte und die seinen unbeachtet dahinplätschern ließ. Ihm war das keineswegs entgangen, missmutig ließ er sich von seinem Hochsitz gleiten, den Körper schon halb zum Gehen gewandt, stieß sein Kopf aber immer wieder in meine Richtung, die längst von Katharina versperrt war, so dass er sich mal vor-, mal zurückbeugte und immer lauter schrie. Sie wolle keinesfalls stören, sagte Katharina, und als sie das Glas hob, das ihr der Barkeeper auf meinen Wink hin über den Tresen geschoben hatte, sah sie mich auf eine Art an, die Roland vorerst verstummen ließ, er versuchte zwar ein Lächeln, doch es wirkte eher, als fletsche er die Zähne. Und mir fiel sofort das ironische Funkeln und das Schelmische in ihren Augen auf, die lauernde Neugier unter den sanften Bögen der Brauen.

Katharina hatte einige Semester Kunstgeschichte studiert, wobei das Geschichtliche wohl eher ein Vehikel war, denn ihr Interesse hatte dem Schöpferischen, der Schaffung von Kunst gegolten, aber zu einem Kunststudium hatte ihr wohl der Mut gefehlt, denn ich glaube nicht, dass sie die Kunst schon damals für nicht erlernbar hielt. Die Universität habe sie anfangs voller Stolz betreten, doch habe es sie mit der Zeit immer mehr Überwindung gekostet, den Weg zur täglichen Wissensausgabe zu gehen, einen Weg, der, wie sie geglaubt habe, zwar irgendwann zu einem Abschluss, aber am Leben vorbeiführen würde. Also kein Abschluss, dafür der Sprung ins kalte Wasser, also doch lieber Kunst, wenn auch brotlose Kunst, wie sie es damals lachend nannte. Eine Weile habe sie sich darin probiert, sie habe es versucht und nein, kam sie meiner Frage zuvor, zeigen könne sie mir nichts, denn als sie erkannt habe, dass ihre Arbeiten den eigenen Maßstäben nicht entsprächen und nie entsprechen würden, alles nur Mode und Nachahmung gewesen sei, das Suchen nach einer Marktlücke, allenfalls gut gemachte Dekoration, als sie das erkannt habe, habe sie aufgehört und alles vernichtet. Diese Erkenntnis und die daraus resultierende Konsequenz, sagte sie, sei nicht nur ihr letztes Werk, sondern wahrscheinlich ihr Magnum Opus gewesen. Sie erzählte das alles ohne Bitterkeit und Wehmut, beinahe heiter, und ihre Hand, die beim Reden in weiten Bögen durch die Luft flatterte und mich manchmal unversehens streifte, zerstreute auch meine Zweifel, sie könnte sich das alles nur schönreden und die Stelle im Kulturamt, auf die sie sich beworben und die sie schließlich auch bekommen

hatte, wäre nichts weiter als ein billiger Ersatz und fauler Kompromiss.
Und mein Bruder? Er schwieg zunächst. Für ihn war Kunst vor allem eins, überflüssig, also schien er zunächst zufrieden, denn dass sie, wenn schon überflüssig, wenigstens auch brotlos war, musste ihm nur gerecht vorkommen, doch dann, je länger Katharina sprach, nur zum Schein noch zu uns beiden, und je interessierter ich ihr zuhörte, desto unruhiger wurde er, er scharrte mit seinen schweren Wanderstiefeln, trommelte mit den Fingern auf dem Tresen, holte mehrmals tief Luft, als wolle er unser Gespräch jeden Moment mit einem energischen Zwischenruf beenden. Etwas braute sich zusammen, aber dann, nach einem kräftigen Schluck, kam nur der kleinlaut vorgebrachte Einwurf, dass die Natur eben das größte aller Kunstwerke sei. Katharina lächelte, als habe sie mit seinen Worten gerechnet oder gäbe meinem Bruder sogar recht. Ach ja, die Kunst, seufzte sie, die verfluchte Kunst. Doch als auch mein Bruder lächelte, etwas verwirrt, aber doch zufrieden, wie vielleicht ein Jäger nach erfolgreichem Schuss lächelt, holte Katharina zum Gegenschlag aus. Obwohl sie alles vernichtet habe, verdanke sie der Kunst alles. Der Schuss hatte sein Ziel verfehlt, er hatte es nicht einmal gestreift.
Katharina, das erfuhr ich aber erst später, kam aus einem kleinen Dorf, sie hatte ihre Kindheit zwischen Wiesen und Feldern verbracht, es musste einen Bach

gegeben haben, und der Wald reichte wohl fast bis ans Haus, vielleicht hatte das Bild, das sie später kaufte, all das wieder wachgerufen und der Rahmen war nur ein Vorwand gewesen. Über Natur musste ihr jedenfalls niemand etwas erzählen. Bücher oder Kunst dagegen hatten in ihrem Elternhaus keine Rolle gespielt, und die einzigen Bilder, an die sie sich erinnerte, waren zwei auf Astscheiben gemalte Szenen alpinen Friedens, wie sie irgendwann in Andenkenläden zu kaufen gewesen sein mochten, und, wenn man hier überhaupt von Bildern sprechen konnte, zwei nach der Art von Herbarien auf farbigem Velourpapier arrangierte Kompositionen aus getrockneten Gräsern und Blumen. Ihre Begabung, sie selbst sprach eher von einer Mischung aus Fleiß und Liebe, wurde spät entdeckt, von wem, erzählte sie nie, nur ihre Bemerkung, lange Zeit eine Einäugige unter lauter Blinden gewesen zu sein, ließ mich vermuten, dass es ein schwieriger Anfang gewesen sein musste.

Trotzdem, sie hatte es geschafft, war der Enge des Dorfes entkommen, sie selbst war der Meinung, sie verdanke es der Kunst, aber ich denke, es lag an ihr selbst. Sie hätte also stolz sein können und dennoch, es blieb ein heikles Thema, Katharina sprach nicht gern darüber, und ich wollte ihr Zeit lassen. Doch je mehr Zeit verging, desto weniger sprachen wir darüber. Ich kannte ihren Körper, meine Hände erinnerten sich an jeden Quadratzentimeter ihrer

Haut, aber von ihrer Vergangenheit wusste ich wenig, erst allmählich und mühsam war es mir gelungen, wenigstens einiges zu erfahren. Das Studium, das sie sich wie ihre winzige Wohnung und später das ganze Leben mit verschiedenen Gelegenheitsjobs finanziert hatte, fünfter Stock, ein Mansardenzimmer ohne Bad, nur ein Waschbecken im Flur und im Treppenhaus ein Gemeinschaftsklo, im Winter mit Kerzen beheizt, ein entfernter Verwandter, der sich, ihre Eltern waren früh gestorben, ihrer annahm und onkelhaft als großzügiger Gönner aufspielte, ihr manchmal die Kohlen schleppte und ab und zu einen Geldschein oder ein paar Tuben Farbe zusteckte, aber wohl, wie sie nicht ohne Grund vermutete, weniger künstlerische als sexuelle Interessen verfolgte. Dann das Atelier, wenn man den feucht-kalten Raum so nennen konnte, gelegen in einer ehemaligen Wäscherei, die von ihrem Besitzer aufgegeben worden war, nachdem sein Sohn sich in einer der Wäschetrommeln versteckt und nach deren Inbetriebnahme durch ihn, den Vater, zu Tode gekommen war. Doch auch in diesem unglückseligen Raum mit dem maroden Dach gab es ein Oberlicht mit Blick in den Himmel, der sich nach jedem Regen auch in den zwischen den Maschinenfundamenten aufgestellten Zinkbadewannen spiegelte.

Wenn sie davon erzählte, sah ich alles vor mir, ihre Wohnung, ihr Atelier, doch wie ihre Bilder ausgesehen haben könnten, ich wusste es nicht, mehr als das

Schlagwort *abstrakt* war Katharina nicht zu entlocken gewesen. *Abstrakt*, vielleicht war das Wort, das mehr verschleierte als erklärte und vieles offen ließ, auch nur Katharinas Versuch, meine Vorstellungen auf die falsche Spur zu bringen oder zumindest im Vagen zu halten. Insgemein wünschte ich mir sogar, dass es so wäre, denn mit abstrakten Bildern konnte ich nicht viel anfangen.
Es muss noch ein Foto aus jener Zeit geben, dachte ich und suchte nach einem kurzen Blick aus dem Fenster hinüber zu Rimböcks Haus in der dicken Dame danach. Noch immer hatte ich das Gefühl, etwas Unerlaubtes zu tun, wenn ich in ihren Sachen wühlte, als könnte Katharina jeden Moment hinter mir stehen und mir über die Schultern blicken. Meine Hand zitterte, als ich das Foto zwischen den Fingern hielt. Wie jung sie damals war! Sie trug ein T-Shirt und eine über und über mit Farbe bekleckerte und bespritzte Latzhose, breitbeinig stand sie da, als könne sie nichts umwerfen, die Hände in die Hüften gestützt, frech abgewinkelte Ellbogen, im Mundwinkel, lässig zwischen die Lippen geklemmt, hing eine Zigarette und drohte jeden Moment zu fallen, während ihr Haar von einem Tuch zusammengehalten wurde, wie es Piraten in Abenteuerfilmen tragen. In ihrem Blick und ihrer Haltung war so viel Entschlossenheit, so viel Kühnheit, vielleicht auch Trotz, ja wahrscheinlich war es vor allem Trotz. Aber auch auf diesem Foto stand sie vor einer kahlen Wand, der

Sockel gefliest, darüber blätterte die Ölfarbe in Splittern ab, nur in der rechten oberen Ecke sah man die linke untere Ecke eines Gemäldes, einen gerade mal fingernagelgroßen Fleck, ich hatte ihn rosa in Erinnerung, jetzt sah ich, dass es ein Schwarz-Weiß-Foto war. Katharinas Kunst war in Nebel gehüllt und würde es wohl für immer bleiben. Selbst wenn wir in einer Ausstellung vor Bildern standen, die dem entsprachen, was ich mir als ihre Art der Malerei hätte vorstellen können, war ihren Reaktionen nichts zu entnehmen, was die Sache aufgehellt hätte. Manchmal neigte sie zwar den Kopf zur Seite und lächelte versonnen, aber weder im Motiv noch im Stil der so von ihr betrachteten Bilder ließen sich Gemeinsamkeiten finden. Irgendwann begnügte ich mich damit, ein fiktives Urteil Schewinskis als mögliche Charakterisierung anzusehen: kein Jackson Pollock, aber immerhin. Natürlich behielt ich das für mich, denn Katharina hätte ein solches Urteil geärgert, weniger wegen Pollock, aber mit Schewinski hätte ich ihr nicht zu kommen brauchen, dessen verquaste Sprache und Borniertheit hätte sie an ihr Studium erinnert und dessen scheinbar so selbstsicher vorgebrachte Wertungen wären von ihr als das Pfeifen im Walde entlarvt worden. Katharina selbst war sich ihrer Sache nie sicher gewesen, bei jedem Bild, jeder Zeichnung, die sie aus den Händen gegeben habe, verkauft, dachte ich, musste sie also haben, habe sie befürchtet, jetzt fliege der Schwindel auf, jetzt werde sie der Scharlatanerie bezichtigt. Und obwohl es nie dazu kam, ganz im Gegenteil, Kritiker hätten ihre Arbeit gelobt, Galerien sie unter Vertrag genommen, die Unsicherheit blieb. Die Angst vor dem Beginnen, die Angst vor dem Beenden.

Ich erinnerte mich, wie aufmerksam und interessiert Katharina zugehört hatte, als ich einmal von den Restaurierungsarbeiten an einer gotischen Kirche erzählte. Das muss noch vor meiner Anstellung bei den Städtischen Kunstsammlungen gewesen sein, ich arbeitete damals noch freischaffend, wollte mich nicht festlegen und in verschiedenen Bereichen Erfahrungen sammeln. In großer Höhe hatten wir am Turm, misstrauisch beäugt von den Falken, die aufgeregt und schreiend ihre Runden zogen, verwitterte Sandsteinornamente ersetzt und unter anderem die Replik einer bizarren, als Wasserspeier dienenden Chimäre angebracht, eine Art Drache mit dem weit aufgerissenen Maul eines Hundes und einem langgestreckten geflügeltem Schuppenleib, den ich genau beschrieb, aber das war es nicht; was Katharina faszinierte, war der Gedanke, dass all das für die Kirchenbesucher und Passanten von unten nicht oder allenfalls als grobe Kontur zu sehen gewesen war, dass allein der Steinmetz von seiner Arbeit wusste, die danach über Jahrhunderte vielleicht niemand mehr zu Gesicht bekommen hatte. Dieses Sich-selbst-Genügen im Verborgenen schien ihr erstrebenswert, sie sprach von der Reinheit der Kunst und wurde dabei so leiden-

schaftlich, dass ich einen Moment lang das Gefühl hatte, wir hätten mit den Restaurierungsarbeiten das Werk des gotischen Steinmetzen beschmutzt, weil die Originale nun für alle zugänglich im Seitenschiff der Kirche ausgestellt waren.
Ich saß in der leeren Wohnung und starrte auf Katharinas Schreibtisch, auf das Foto darüber und schickte zugleich immer wieder scheue Seitenblicke in den Raum, als müsse ich mich vergewissern, wirklich allein zu sein. Was ich sah, war nur der eigene Schatten. Manchmal, wenn ich die Stille nicht mehr ertrug, schaltete ich den Fernseher an, meist schaute ich nicht einmal hin, es genügte, die Stimmen zu hören, denen ich manchmal sogar antwortete.
Vor Tagen hatte ich eine Sendung über Flamingos gesehen. Die Vögel standen im flachen Wasser eines Sees, zwischen dem gleißenden Licht der untergehenden Sonne und dem goldenen Glitzern auf dem Wasser waren sie nicht mehr als ein dunkler, still flirrender Streifen, der dann, von der Kamera herangeholt, an Farbe gewann, ein langsam dahingleitender, vom zitternden Gewirr tausender Beine getragener Körper, dessen Oberfläche vom einer rätselhaften Ordnung folgenden Hin und Her und Auf und Ab der Köpfe und Hälse sanft wogte, bis dieser pulsierende Leib, von irgendetwas aufgeschreckt, plötzlich mit einem einzigen Schrei explodierte und in ein wildes Chaos von Tönen und Bewegungen zerstob, sich aber nach einem Moment der Verwirrung zu einer

neuen Ordnung formierte. Und dann sah ich ihn, den Flug der Flamingos, flach über dem Wasser glitten die Vögel dahin, immer ruhiger und gleichmäßiger wurde der Schlag ihrer Flügel, bis alles verschwamm und ich meine feuchten Augen schloss.

Meist war es jetzt still im Haus, wenn ich die Augen schloss, konnte ich die Stille hören, ein ganz leises, monotones Rauschen, wie das ferne langgezogene Zirpen einer Grille. Manchmal hörte ich auch Geräusche, im Zimmer oder draußen vor dem Fenster, und obwohl ich deren Ursache zu kennen glaubte, ein Glucksen in der Heizung, das Schaben der Büsche am Fallrohr bei aufkommendem Wind oder das Klappern eines losen Dachschiefers, brachte ich sie doch mit dem Paket in Verbindung, das noch immer in der Werkstatt auf dem Tisch stand. Rumorte da etwas im Karton? Und was, wenn Rimböck auch heute nicht käme? Wie lange sollte, könnte, müsste, dürfte man das Paket aufbewahren? Verderbliche Lebensmittel, dachte ich, lebende Tiere, die Aufkleber mit den entsprechenden Warnhinweisen könnten sich gelöst haben und verloren gegangen sein, schließlich fehlte ja auch der Absender. War es nicht dringend geboten, das Paket irgendwann zu öffnen? Am besten gleich?

Ich zwang meine Gedanken zurück in die *Schwarze Seele*, zurück zu jenem Abend, der noch längst nicht zu Ende war, als mein Bruder auf verlorenem Posten saß, ja der erst begann, nachdem er sich mit einem Rest kalter Höflichkeit verabschiedet hatte. Wie konnte es sein, dass wir inmitten des Lärms so leise sprachen? In meiner Erinnerung flüsterten wir, in meiner Erinnerung waren diese Lippen, die noch immer beharrlich Wörter formten, längst zur Verheißung auf etwas geworden, das jenseits aller Wörter lag. Ich saß in der leeren Wohnung an Katharinas Schreibtisch und hatte meinen Ellbogen auf den Tresen der überfüllten Kneipe gestützt, oder hatte sich auch die Kneipe schon geleert?, waren die Stühle längst hochgestellt, als wir dann lange schwiegen und uns nicht daran störten? Es war nichts mehr da ringsherum als die Lust, sie zu berühren, immer stärker wurde und sie ihren Arm um meine Schulter legte. Und wie nun weiter? Denn es muss ja damals weitergegangen sein, es ging immer weiter, zunächst in die Nacht, die kühl war, und doch war uns warm, durch die Straßen, wo wir vor jedem erleuchteten Schaufenster stehenblieben, nur um im Spiegel der Scheiben noch etwas ungläubig zu sehen, was nicht mehr zu leugnen war, und weiter, zögernd erst, aber dann, als sei es uns vor den Schaufensterscheiben wie Schuppen von den Augen gefallen, schon entschlossener, als hätten wir plötzlich ein gemeinsames Ziel, immer schneller gingen wir, trug es uns, und plötzlich war alles so selbstverständlich, ihre Haustür, ihr Treppenhaus, ihre Mansarde, das Glitzern der Pailletten auf dem Brustteil ihres Kleides. Das Bett und unsere nackten Körper... Unser Erstaunen, als wir am Morgen nebeneinander erwachten, erst das Erstaunen, dann die Ahnung, nein, die Gewissheit, dass dies nun für lange Zeit, für immer?, so sein würde. Das Bett in Katharinas Wohnung stand unter dem Himmel, dem das schrägliegende Dachfenster kaum etwas von seiner Weite nahm. Manchmal, sagte sie, könne man vom Bett aus die Vögel ziehen sehen, Enten oder Gänse zumeist, manchmal sogar Kraniche. Ich hätte ihr schon damals sogar Flamingos geglaubt. Oder hatte sie von den Vögeln erst erzählt, nachdem ich sie aus dem Fenster unserer Wohnung über die Kirchenallee hatte kommen sehen?

Bevor ich wieder in die Werkstatt ging, schaute ich noch einmal aus dem Fenster. Der Himmel war verhangen. Eine Fliege knallte gleichsam in selbstmörderischer Absicht immer wieder gegen die Scheibe. War nicht auch das schon einmal so gewesen? Vor Stunden? Vor Tagen? Die Zeit ging im Kreis. Ganz langsam kroch ein Reinigungswagen die Kirchenallee herunter, er glitt wie über Eis und tatsächlich glänzte hinter ihm das Pflaster. Die feuchte Straße wirkte danach wie ausgestorben, als wagte niemand, das saubere Pflaster zu betreten, sogar eine Katze, die zwischen zwei parkenden Autos aufgetaucht und gerade im Begriff war, die Straße zu überqueren, tippte nur wie in Zeitlupe vorsichtig mit der Pfote auf die Steine und drehte dann um. Der Anblick der leeren Straße erfüllte mich mit Wehmut, obwohl er doch nur den von mir angestrebten Rückzug aus dem öffentlichen

Leben symbolisierte. Wie spät mochte es sein? Seit Katharina nicht mehr da war und ich nicht mehr arbeitete, hatte ich jegliches Zeitgefühl verloren, allein Rimböcks morgendlicher Aufbruch war mir als Fixpunkt geblieben. Und dann war eine Gruppe junger Leute aufgetaucht, ich hatte nicht gesehen, woher sie gekommen waren, plötzlich waren sie da, Frauen und Männer?, eher halbe Kinder noch, prickelnd vor Unternehmungslust, sich umarmend, Wangenküsse simulierend. Sie waren zu weit entfernt, um ihre Gesichter zu erkennen oder zu verstehen, was sie sprachen, aber jede ihrer Bewegungen und Gesten wirkte so zwanglos und selbstsicher, anmaßend fast und von der Unsterblichkeit überzeugt, was mich in ihren Bann zog, allein durch ihre Anwesenheit schienen sie das Leben zu feiern. Wahrscheinlich wollten sie in die *Schwarze Seele.*

Sollte auch ich noch einmal, ein letztes Mal?, in die *Schwarze Seele* gehen? Mich allein an den Tresen setzen, mit den Händen das Bierglas umklammern und in den Spiegel starren, als brauchte meine Erinnerung eine Bestätigung oder einen Beweis? Aber auf wen sollte ich warten? Da wäre niemand, auf den zu warten sich lohnte, der Spiegel würde leer bleiben und nur bunte Flaschen spiegeln. Kratzer würde bestimmt nicht allein in der Kneipe auftauchen. Und mein Bruder? Wie gesagt, ich hatte ihn seit der Beerdigung nicht mehr gesehen und unsere einstige Stammkneipe mied er, keine Ahnung warum, nun schon längere Zeit, obwohl auch dort längst Rauchverbot herrschte und der Wirt neuerdings ein Holzfällerhemd trug, als wollte er meinem Bruder gefallen. Und Rimböck? Den hatte ich noch nie in der *Schwarzen Seele* gesehen, vermutete ihn, wenn überhaupt, eher in einer dieser Bars im Zentrum, die sich mit ihrer farbigen Illuminierung brüsteten und wie riesige Aquarien wirkten. Soll er doch da rumschwimmen, dachte ich, soll er sich an Sekt und Häppchen verschlucken, nein, Rimböck war kein Mann für die *Schwarze Seele.* Ich stellte mir vor, dass ich der letzte Gast sein würde, allein mit dem Kellner, der sich hinter der Theke zu schaffen machen und mir nur widerwillig einen letzten Schnaps servieren würde, die Stühle längst hochgestellt, die meisten Lampen gelöscht, die Spiegel erblindet. Ein letzter Gast auf verlorenem Posten. Mit wem hätte ich schweigen sollen?

Auch die jungen Leute gingen nun an der *Schwarzen Seele* vorbei, ließen sie links liegen, um stattdessen weiter in Richtung Johanneskirche zu pilgern, wo sie, so jedenfalls hatte Kratzer es berichtet, neuerdings auf den Stufen vor einem der Seiteneingänge herumlungerten. Er hatte sich dabei über die Graffitis erregt, die jetzt den unteren Bereich der Kirche, ein Baudenkmal immerhin, verunstalteten und wohl gehofft, in mir für seinen Zorn einen Verbündeten zu gewinnen, doch ich hatte nur gelangweilt mit der Schulter gezuckt, das alles ging mich nichts mehr an.

Die Unbekümmertheit der Jugendlichen schien nach der Begrüßung gewichen, nun schritten sie voller Ernst, ein Prozessionszug, angeführt von zwei gemessen schreitenden Würdenträgern in satanischer Verkleidung, die einen zwischen ihnen schwankenden Bierkasten schleppten, als wäre es eine Monstranz. Obwohl es unmöglich war, glaubte ich das Scheppern der Flaschen zu hören. Die Fliege war inzwischen abgestürzt, sie lag jetzt rücklings auf dem Fensterbrett, laut surrend drehte sie sich um sich selbst, dann war es still, das Strampeln ihrer Beine wurde immer langsamer. Die Stundenglocke der Johanneskirche schlug sieben Mal. Erst sieben, dachte ich, aber vielleicht hatte ich mich verzählt. Ich schaute auf die Uhr. Es war wirklich sieben Uhr. Es wurde langsam finster im Raum, nur an der Unterseite der Tür war ein schmaler heller Streifen zu erkennen, offenbar brannte im Nachbarzimmer das Licht. Plötzlich schien sich der helle Streifen zu bewegen, als gleite jenseits der Tür ein Schatten vorüber. Einen Moment lang glaubte ich, Katharina ginge durchs Nachbarzimmer. Es war still im Haus, dann hörte ich ein leises Knistern, als bewegte sich die Fliege auf dem Fensterbrett ein letztes Mal. Wenn Rimböck heute Abend noch käme, um sein Paket abzuholen, dachte ich auf dem Weg in die Werkstatt, dann würde ich ihm nicht öffnen, dann würde ich den Spieß einfach umdrehen, dann wäre ich nicht da!

5

Als ich in die Werkstatt kam, sah ich das Messer auf dem Tisch liegen. Ein schönes altes Buchbindermesser, es lag zwischen Rimböcks Paket und der nun auch schon wieder halbleeren Whiskyflasche, aber ich konnte mich nicht erinnern, es dort hingelegt zu haben. Vielleicht hatte ich es gebraucht, um die Flaschenkapsel zu entfernen, denn das Papier zur Verdunklung der Fenster hatte ich mit einem Cutter zugeschnitten. Und dann hatte ich es plötzlich in der Hand, behauchte die Klinge und rieb sie mit dem Taschentuch blank. Sollte ich das Paket damit aufmachen? Das Ölbild aus dem desolaten Rahmen schneiden? Mir die Pulsadern öffnen? Keinen der Gedanken fand ich abwegig, keine der Konsequenzen machte mir Angst. Eine Weile behielt ich das Messer in der Hand, starrte die scharfe Klinge an, wendete sie hin und her, so dass ein Lichtschein aufblitzte und über die Klinge schnellte, dann warf ich das Messer in eine der Schubladen und blieb ratlos im Raum stehen.

Hatten die anderen wirklich ein Ziel? Ich meine nicht Kratzers freien Tag, sein spießiges Feierabendgartenglück oder Rimböcks eitlen Bauherrenstolz, ich meine ein richtiges Ziel, für das es sich zu leben lohnt. Oder aber zu sterben. Ich dachte an Katharinas Gelassenheit, ihren fast heiteren Ton, wenn sie davon sprach, alle ihre Bilder vernichtet zu haben. War das alles nur gespielt? Oder war es Verweigerung? Und wenn ja, wem hatte sie sich verweigern wollen? Dem Markt? Dem Kommerz? Vielleicht war es auch Selbstschutz. Kunst, hatte sie einmal behauptet, nütze niemandem, könne ihren Schöpfer aber zugrunde richten. Trotzdem, es ärgerte mich, wie Katharina ihr Aufgeben beinah gefeiert hatte, denn so war es mir immer erschienen, sie hatte aufgegeben. Nur manchmal, wenn sie schlief, hatte auf ihrem Gesicht eine Bitterkeit gelegen, die mich zwar beunruhigt, mir aber auch gezeigt hatte, dass da noch etwas war, eine weiter schwelende Glut, ein quälender Traum. Sie atmete dann schwer, die mahlenden Kieferknochen ließen die Wangen beben, und manchmal verzog sie die Mundwinkel zu einem Ausdruck von Schmerz. Wenn sie jetzt reden würde, habe ich gedacht und sie lange angesehen, habe ihr meine Gedanken über ihr Leben in den Mund gelegt, mir ihr Leben ausgelegt, bis ich glaubte, sie trösten zu müssen, mit Blicken, die sie nicht sehen konnte, mit einem sanften Auflegen der Hand auf ihren warmen schlafenden Leib. Ich strich ihr das Haar aus der verschwitzen Stirn, und tatsächlich entspannten sich ihre Züge, und ich nahm mir vor, sie am Morgen zu ermutigen, noch einmal neu anzufangen, es noch einmal zu versuchen mit der Kunst, die ich noch immer für ihre Bestimmung hielt. In manchen Nächten war ich sogar bereit, meine Werkstatt für Katharinas zukünftiges Atelier zu räumen, wenn sie wie aus einer langen Wartestellung erwachen würde. Doch dann klingelte irgendwann der Wecker, Katharina musste ins Büro, und sie ging ohne die geringsten Anzeichen von Verärgerung oder Überdruss, als gäbe es nichts, was mit Anstrengung unterdrückt, versteckt, verdrängt werden müsste. Sie hat, dachte ich manchmal, ihre Rolle als Kulturamtsmitarbeiterin so lange und so gut gespielt, bis sie wirklich zur Kulturamtsmitarbeiterin geworden war.

Tropfte ein Wasserhahn, oder war das die Zeit? Ich zwang mich, nicht auf die Uhr zu schauen. In schaute in letzter Zeit viel zu oft auf die Uhr, als müsste ich das Vergehen der Zeit kontrollieren oder könnte es dadurch sogar beschleunigen. Es war längst zu einem Spiel geworden, dessen Ziel darin bestand, möglichst lange nicht auf die Uhr zu schauen, um dann umso erleichterter und befreiter das sprunghafte Vergehen der Zeit zu konstatieren. Die Zeit überlisten, dachte ich. Ich war auch diesmal ein viel zu ungeduldiger Spieler. Was sollte ich tun?

Manchmal versuchte ich mir vorzustellen, was meine ehemaligen Kollegen gerade tun könnten oder die Pinguine im Kulturamt. Sollte ich ein Buch lesen? Oder die Werkstatt aufräumen? Prokrastination, würde Schewinski klugscheißen, aber ich hatte ja keine Aufgabe mehr, die es zu verschieben galt. Ich wollte nicht mehr. Ich hatte keine Lust. Manchmal war ich bereit, mein Leben wegzuwerfen, aber ich brachte es nicht übers Herz, mich von einem dieser rudimentären, verstaubten Gegenstände aus meiner Werkstatt zu trennen, hing, wie man sagt, an den Dingen. Oder hingen sie an mir? Hielten sie mich nieder oder fest? Ich war unfähig, auch nur das Geringste zu tun oder etwas in die Hand zu nehmen. Das Leben neu ordnen, dachte ich. Aber wozu? Ich hatte es versucht, doch selbst im größten Chaos der Dinge schien sich, wenn ich ihm etwas entnommen hatte, ein einstiger Plan zu offenbaren, so dass ich schließlich alles wieder an seinen alten Platz gestellt hatte.

Um wenigstens etwas zu tun, versuchte ich die Marmorplatten aufzurichten. Sie stammten von ehemaligen Waschtischen und standen seit Jahren in der gleichen Schräglage in dem als Lapidarium dienenden Teil der Werkstatt an die Wand gelehnt, sie würden sicher noch Jahre so stehen, doch jetzt fürchtete ich plötzlich, sie könnten jeden Moment ins Rutschen kommen oder gar an ihrer eigenen Last zerbrechen. Als ich sie angekippt hatte und die Unterkanten näher an die Wand schieben wollte, bemerkte ich einen Sandstein, der sich hinter den Platten verklemmt hatte. Es war ein reichlich faustgroßes Bruchstück, die nach oben gekehrte, von einer pelzigen Schicht Staub überwucherte Seite war nur grob behauen, die Unterseite dagegen glatt, dennoch hatten einige Kellerasseln darunter Platz gefunden und stoben auseinander, als ich den Stein aufhob. Er lag schwer in meiner Hand, aber ich erinnerte mich im Moment weder, woher er stammte, noch warum ich diesen unscheinbaren unförmigen Brocken aufgehoben hatte. Seit sich die Fliege auf dem Fensterbrett zu Tode gesummt hatte, war erst eine halbe Stunde vergangen, und ich hatte wieder viel zu früh auf die Uhr geschaut. Doch dann, noch bevor ich die Unterseite des Steins genauer angesehen hatte, fiel es mir ein. Bei der Sanierung einer kleinen Kapelle hatte ich den Stein im Schutt gefunden, den die Bauarbeiter aus den Gewölbezwickeln geklaubt hatten. Er stammte vermutlich aus einer früheren Bauphase, war wohl Teil eines ehemaligen Epitaphs aus dem Inneren der Vorgängerkapelle oder eines aufgelassenen Friedhofs gewesen, jedenfalls war in die glatte Vorderseite der Name Katharina eingemeißelt. Buchstaben hatte es auch auf anderen Bruchstücken gegeben, in alter Fraktur, auch Zahlen, ganze Wörter, aber nirgends einen vollständigen Namen. Und dann auch noch Katharina. Ich hatte den Stein mitgenommen, aber dann war es mir doch zu makaber erschienen, ihn Katharina zu zeigen, ich hatte ihn wohl hinter den Marmorplatten versteckt. Rückblickend wirkte der Stein wie ein böses Omen, trotzdem, mit den Fingern fuhr ich langsam über die Vertiefungen, spürte jeden Buchstaben, presste dann meine Lippen auf den Stein, der rau war, aber nicht so kalt wie erwartet. Ein wenig verwirrt ob dieses Kusses, stellte ich ihn zurück zwischen die abgeschlagenen Engelsköpfe und arabeskenverzierten Gewände. Ein Trümmerfriedhof, dachte ich und nahm ihn wieder zur Hand, wusste nicht wohin damit, wohin mit den Gefühlen?, trug den Brocken eine Weile mit mir herum, rauchte mit ihm vor dem Haus eine Zigarette, prostete ihm mit einer Tasse Whisky zu, hörte von der Straße her Frauenschritte auf dem Pflaster stöckeln, dann die leise fragende Stimme eines Mannes, die ein lautes, lüsternes Lachen der Frau beantwortete, ging zurück und stellte ihn schließlich auf den Tisch. Saß davor wie bei einer Totenwache.

Dann sah ich wieder das Paket. Rimböck, dachte ich mit einem Blick auf die Uhr, würde heute nicht mehr kommen. Wie alt mochte die Inschrift sein? Ich war schon immer gern über alte Friedhöfe gegangen, zuerst allein, später mit Katharina, oder wir hatten in Kirchen im trüben Licht, das durch die Bleiglasfenster fiel, versucht, die Texte auf alten Epitaphen zu entziffern, die, in Stein gemeißelt, vom Leben wohlansehnlicher, vornehmer Herren und deren treusorgenden, tugendhaften Gattinnen erzählten, und Kindern, deren Leben sich manchmal nur in Tagen bemaß. Oft wurden wir von einem Schauder ergriffen ob der Gnadenlosigkeit des Schicksals, einem Staunen auch über die Demut, mit der der Tod hingenommen wurde, nicht klaglos zwar, aber nie war Wut zu spüren, nie ein Aufbegehren, und doch lasen wir manche der altertümlichen Formulierungen auch amüsiert, als rückte die Sprache alles ins Anekdotische, ja in eine

beinah heitere Ferne. Und dann gingen wir die Friedhofsalleen entlang, Hand in Hand im Schatten der Bäume, ich hatte noch das Vogelgezwitscher im Ohr, sah noch das Flirren des Laubs im goldenen Licht, wir sprachen wenig, manchmal legte ich meinen Arm um ihre Taille und ab und zu küssten wir uns im Gehen, pressten unsere Hüften aneinander, es war Liebe und ein bisschen auch die Angst vor dem Tod. Und jetzt? An Katharinas Grab war ich zuletzt vor zwei Wochen mit Kratzer gewesen, allein ging ich selten und ungern hin, nun, dachte ich, da ich den Stein mit ihrem Namen wiedergefunden hatte, würde ich es überhaupt nicht mehr tun müssen. Katharina ist ja hier, dachte ich, hier im Haus, wo sie meine Gedanken und Gefühle in Brand setzt, während dort auf dem Friedhof nur kalte Asche vergraben liegt. Nichts spürte ich dort, gar nichts. Ihr wäre es am liebsten, hatte Katharina einmal gesagt, wenn ihre Asche in den Wind gestreut würde, wenn sie einfach davonflöge ...
Mit Kratzer also hatte ich vor Katharinas Grab gestanden und dann das: Auf dem Nachbargrab lümmelten die Engelchen von Raffaels Sixtina mit ihrem frechen Schmunzeln, daneben lag ein steinernes Herz, auf Hochglanz poliert und aufgedunsen wie ein Kadaver am Straßenrand, als würde es jeden Moment platzen. Ein paar Meter weiter dann Goldbuchstaben auf schwarzem Marmor, ein Oberstudienrat a. D., die dazugehörige Witwe hatte ich zwei, drei

Mal getroffen, eine agile ältere Dame und redselig überdies: Schön haben sie's ja hier, das muss man wirklich sagen. Und beim letzten Mal noch Kratzers Leidensmiene, ein Gesicht, als sei er der einzig wahre Hinterbliebene, und wie er sich müde und gramgebeugt durch die Allee schleppte, ein Gang wie zum Schafott. Im dunklen Anzug, herausgeputzt wie für einen Empfang beim Verkehrsminister. Und natürlich mit Blumen aus dem eigenen Garten. Er meinte es gut, aber es hatte mich wütend gemacht, ich wollte ihm seine eingeübte Trauerlarve nicht zugestehen. Oder war ich nur eifersüchtig? Kratzer hatte sich wahrscheinlich eingeredet, mir einen Gefallen zu tun, indem er mich begleitete, ein Friedhofsbesuch als Ausflug, dabei hatte ich ihn durchschaut und nur seinem heimlichen Wunsch entsprochen. Denn natürlich wollte er dann unbedingt noch zu seinem Vater, dessen Grab nur einige Reihen entfernt lag, was uns, wie Kratzer bei jedem Friedhofsbesuch behauptete, auf tragische Weise miteinander verbinde. Dabei legte er mir, was vollkommen außergewöhnlich war und ihn sicher einige Überwindung kostete, seine Hand auf die Schulter, etwas tapsig zwar, aber immerhin. Ich wusste, dass nun eine seiner Vatergeschichten folgen und mich unendlich langweilen würde, aber das wäre immer noch besser, als wenn er mich mit seinem Halbwissen über Katharina belehren würde.
Um ehrlich zu sein, ich hätte mir gewünscht, dass seine Geschichten mich gelangweilt hätten, aber die

Wahrheit ist, sie regten mich auf. Das Eigenartige und letztlich Erschreckende an Kratzers mit gepresster Stimme vorgetragenen Vatergeschichten war nämlich, dass sie eigentlich von Kratzer handelten. Am Grab seines Vaters fasste er Mut, wenigstens ein bisschen, denn alles, was er mir von sich erzählen wollte, schob er seinem toten Vater unter, als sei sein eigenes Leben zu unbedeutend, um davon zu erzählen oder werde erst hinter der Fassade eines anderen Lebens erzählbar. Und Kratzer, das musste ich ihm lassen, konnte erzählen, hier zwischen den Grabsteinen floss es aus ihm heraus. Hatte er als Kind nicht sogar ein wenig gestottert? Freilich, es war ein fortwährendes Lamentieren, ein in Schlüsselgeschichten verpacktes Räsonieren, was zur Folge hatte, dass auch ich in diesen Geschichten einen Platz fand oder, von schlechtem Gewissen geplagt, nach einer mir zugedachten Rolle suchte, vielleicht auch nur, weil Kratzer mich dabei fest in den Blick nahm. Mal gab ich den launischen Chef, der seinem Vater und also ihm das Leben schwer und den Aufstieg unmöglich gemacht hatte, mal einen notorischen Querulanten, der seinem Vater und also ihm, den Dienst vergällt hatte. Als ich dieses Prinzip begriffen hatte, erschienen mir seine mit einem Begräbnisgesicht hervorgestammelten Erzählungen wie eine späte Rache für meine pubertäre Großmäuligkeit und Arroganz. Aber schon auf dem Rückweg und nun der schützenden Aura des väterlichen Grabes entzogen, verfiel er

wieder in seine angestammte Rolle, wie ein gut abgerichteter Apportierhund trottete er neben mir her, den Blick gesenkt und doch jederzeit bereit, einen möglichen Befehl zu befolgen.
Unser Weg führte entlang der Friedhofsmauer, viele der dort aufgereihten Familiengräber waren verfallen und also in einem jämmerlichen Zustand. Bröckelnder Putz, verbogene, von Rost zerfressene Eisengitter, verblasste Kunststoffblumen hinter Flatterbändern. Für einige Grabstellen wurden Paten gesucht, und ich überlegte, ob nicht Kratzer für den Fall, dass ich Katharinas Grab nicht länger würde pflegen können, man kann ja nie wissen, vielleicht eine solche Patenschaft übernehmen könnte. Nein, dachte ich, lieber sollte alles verwildern. Bei einem Grab war die Decke über der Gruft eingebrochen, im Boden klaffte ein Schlund, dessen dunkler Tiefe eine feuchte, nach Moder stinkende Luft entströmte. Unvergessen, höhnte es golden auf dem glänzenden Schwarz des Marmors, während dem Namen, von grünspanüberzogenen Metalllettern gebildet, schon einige Buchstaben fehlten. Als ich vor dem Loch stehenblieb, verharrte Kratzer willig bei Fuß, wir starrten schweigend in die Tiefe, in der nichts zu erkennen war als die oberen Schichten des brüchigen Mauerwerks, auf denen Salpeter wie Raureif lag. Aus den Fugen hingen bleiche Wurzelbärte in die Leere. Kratzer versuchte meinen starren Blick zu enträtseln, faselte dann etwas von einem neuen Betätigungsfeld,

einer dankbaren Aufgabe für eine fachmännische Hand, um dann, ich sei kein Maurer, hatte ich ihn angeknurrt, über die Vorteile von Einäscherungen und Urnenfeldern zu schwadronieren. Ihm jedenfalls sei der Gedanke unerträglich, dass sein Vater oder Katharina quasi lebensgroß in diesem Loch ..., dabei trat er einen Schritt an den Schlund heran, beugte sich vorsichtig ein Stück nach vorn und verstummte mit einem tiefen Seufzer. Einem Hund, dachte ich, hätte man jetzt den Nacken gekrault.

Ich hatte derweil an meinen kleinen Bruder gedacht, wie er damals heulend im dunklen Keller des ehemaligen Bahnhofsgebäudes gehockt hatte, das war Jahrzehnte her und war doch das letzte Mal, dass ich ihn in den Arm genommen hatte. Wir hatten nicht miteinander gesprochen, uns nur festgehalten, sein Kopf hatte an meiner Schulter gelehnt, so lange, bis er die Köpfe der anderen oben am Rand des Loches bemerkt und sich mit einem Schlag gegen meine Brust aus der Umklammerung befreit hatte. Und wie er sich seiner Hilflosigkeit und seiner Tränen geschämt und deshalb vor Wut mit dem verletzten Fuß aufgestampft und dann um so lauter geschrien hatte. Kaum wieder am Licht, verlangte der Kleine nach seiner ersten Zigarette, die dann lässig im Mundwinkel klemmte, in diesem von Rotz und Tränen verschmierten Gesicht. Er war zutiefst beleidigt, und noch jetzt an der offenen Gruft wusste ich nicht, ob er mir seine Rettung verziehen hatte.

Manchmal glich auch das Haus einer Gruft, manchmal aber war es eine schützende Höhle. Durch das kleine Loch in der Papierverdunklung betrachtet, kam mir die Welt da draußen seltsam entrückt vor, besonders in der Dämmerung, wenn vor dem Fenster noch eben alles gut zu erkennen war, im Inneren aber schon Dunkelheit herrschte. Es war eine Dunkelheit, die einem zum Verbündeten wurde, in der sich der Körper im Raum aufzulösen schien und man nichts war als ein Auge. Ähnlich wie im Kino, wenn der Film läuft und man weiß, dass noch die gefährlichsten Szenen auf der Leinwand einem nichts anhaben können. Doch dann erinnerte ich mich an unseren Ausflug nach Prag. Katharina und ich, wir hatten uns ein paar Tage frei genommen, Prag, das war damals unsere weite Welt, wir fuhren nach Prag, wenn wir von Paris träumten, aber Prag war stark genug, unseren Schmerz nach dem Erwachen wenigstens für die kurze Zeit bis zum nächsten Kater zu lindern. Wir taumelten durch die alten Gassen, trunken vor Glück, und an einem Abend gingen wir ins *Laterna magika*, ein Schwarzlichttheater, das bei seiner Gründung Ende der fünfziger Jahre wegen seiner effektvollen Aufführungen als avantgardistisch gegolten hatte. Was wir dort gesehen hatten, war eine Mischung aus Zirkus, Film und Theater, an den Inhalt der Szenen konnte ich mich nicht erinnern, aber einer der Effekte war mir als besonders spektakulär noch immer gegenwärtig. Im Film auf der Leinwand kam ein leeres Ölfass laut polternd und scheppernd über eine abschüssige Pflasterstraße herabgerollt, direkt auf die Zuschauer zu, die sich in ihren Sesseln sicher fühlten, bis das Fass am Ende des Abhangs plötzlich die Leinwand durchbrach, als reales Fass auf die Bühne rumpelte und, begleitet vom erschrockenen Aufschrei der Zuschauer, erst kurz vor der Rampe zum Stehen kam. So ähnlich, fiel mir ein, würde Rimböck demnächst in meine Werkstatt einfallen, durch das Loch würde ich ihn kommen sehen, er würde immer größer werden, würde das Loch verdecken und plötzlich leibhaftig vor mir stehen, ich würde erschrocken zurückweichen, ins Stolpern geraten... Schnell schaltete ich das Licht an, draußen wurde es schlagartig finster, doch kaum hatten sich meine Augen an die Helligkeit im Raum gewöhnt, wurde mir klar, dass sich dadurch der Zweck meines kleinen Ausgucks ins Gegenteil verkehrte. Hatte ich eben noch das Außen aus einer sicheren Deckung im Blick, stand ich nun für jeden Neugierigen, der sich meinem Fenster nähern würde, wie auf einem Präsentierteller. Wie sollte ich so das fremde Paket oder die eigenen Pulsadern öffnen?

Das Loch war rasch verklebt, aber meine Unruhe blieb. Nun war es mir zu still im Haus, und ich schaltete das Radio an. In Hongkong, sagte der Sprecher, habe der erste Pornofilm im 3D-Format, dessen Handlung an einen Klassiker der erotischen chinesischen Literatur angelehnt sei, voll eingeschlagen und an den Kinokassen mehr eingespielt als der bisherige Rekordhalter, das Fantasy-Abenteuer *Avatar*. Mit dieser Information würde ich also nun leben müssen, dachte ich und schaltete das Radio aus. Dann verließ ich das Haus. Klopfte zur Sicherheit meine Jacke ab, irgendwo hatte ich das schon gesehen. Alles da: Schlüsselbund. Brieftasche. Flachmann. Es war kühl, nur Rimböcks Schottergarten verströmte noch einen Rest Wärme. Am Stadttheater, das wusste ich, wurde gerade der Wandfries restauriert. Sollte ich mir das nicht einmal anschauen? Womöglich ein paar Tipps geben, eine Fachsimpelei unter ehemaligen Kollegen. Zum Glück war es dafür schon zu spät, sonst wäre ich vielleicht schwach geworden. Ich wusste nicht wohin, ging einfach los und stand ein paar Minuten später vor der *Schwarzen Seele*. Du hättest dir etwas anderes anziehen und dich wenigstens rasieren sollen, dachte ich und fühlte mich einen Augenblick lang auf dem Weg in die Verwahrlosung.

Die Kneipe war nur mäßig besucht, so dass mein Eintreten nicht unbemerkt bleiben würde, was mich sofort zögern ließ. Ein paar Leute, die ich flüchtig kannte, saßen am Stammtisch, die Plätze am Tresen waren frei. Dahinter stand eine neue Bedienung, ich sah es durchs Fenster, sie war sehr jung und sehr schön, und sie wusste es. Sie hantierte mit einer fast aufreizenden Gelassenheit, verträumt schaute sie auf ihre Hand, die den Zapfhahn mit festem Griff umschloss, während das Bier schäumend über den

Rand des Glases rann. Als sei ihr plötzlich etwas eingefallen, schob sie das Glas dann beiseite, trocknete sich die Hände ab und griff nach der Handtasche, die auf einer Konsole vor der Spiegelwand stand und der sie eine Packung Zigaretten entnahm, mit der sie quer durch die Kneipe auf die Eingangstür zukam. Ein Gang wie über einen Laufsteg, die an der Hüfte hängende, weit ausladende Geldbörse wippte, was die vier Männer an einem der Tische mit gierigen Blicken verfolgten und offenbar vergessen ließ, dass sie schon seit geraumer Zeit vor leeren Gläsern saßen.

Die Tür hatte beim Öffnen schon immer gestöhnt, sie stöhnte auch jetzt. Schnell zündete ich mir eine Zigarette an und erwartete die Kellnerin mit gezücktem Feuerzeug. Sie sah mich kurz an, schien nicht überrascht, alte Schule, sagte sie in einem Ton zwischen Herausforderung und Mitleid und beugte sich, ihr Haar im Nacken zusammenhaltend und die Zigarette zwischen den geschürzten Lippen, mit spöttischer Gleichgültigkeit über die Flamme, die ihr Gesicht aber wie vor Erregung flackern ließ. Auf ihrem nackten Oberarm waren asiatische Schriftzeichen tätowiert, vielleicht ein Zitat aus einem chinesischen Klassiker der erotischen Literatur. Sie nahm einen tiefen Zug und blies den Rauch mit einem langen Seufzer durch die Lippen. Das tut gut, sagte sie, und ich bemerkte, dass mein Feuerzeug noch immer brannte. Ob ich zum ersten Mal hier sei oder

auf jemanden warte. Nein, sagte ich, ja. Ach, tat sie übertrieben erstaunt. Und Sie? Sie sei eigentlich Studentin, arbeite aber schon eine Ewigkeit hier, mindestens ein dreiviertel Jahr. Ich könne doch ebenso gut drin warten, man duze sich hier übrigens. Du, sagte ich, ich weiß, sagte ich und wusste nicht weiter. Sie schnipste ihre Kippe weg, winzige Funken stoben durch die Luft und verglühten. Kalt?, fragte ich, als sie danach mit den Händen ihre Oberarme rubbelte. Ja, aber sie müsse ohnehin wieder, die Leute würden schon warten. Was das denn bedeute? Ich deutete auf die Schriftzeichen. Ach das, eine Jugendsünde, sie wisse es nicht, aber schön sei es doch. Ja, sagte ich, schön ist es. Sie hielt mir die Tür auf, na endlich, rief jemand aus der Kneipe, doch ich sagte, ich müsse noch warten und schaute auf die Uhr. Ich mag das übrigens, sagte sie und hätte, wäre ich nicht rechtzeitig zurückgewichen, mit ihrer Hand fast meine Bartstoppeln berührt. Katharina, dachte ich, hatte das nicht gemocht. Na dann bis später, sagte die Kellnerin und wand sich durch die sich langsam schließende Tür. Bis später, dachte ich.
Bis später, hatte auch Katharina gesagt, als sie am Tag des Unfalls das Haus verließ. Das war vor einem reichlichen dreiviertel Jahr, vor zweihundertachtzig Tagen, um genau zu sein, eine Ewigkeit hatte die Studentin gesagt, und jetzt, mich vor der *Schwarzen Seele* daran erinnernd, schienen mir die zwei Wörter die Möglichkeit eines endgültigen Abschieds zu ent-

halten. Mir war kalt, doch ein paar Minuten tat ich noch, als würde ich tatsächlich jemanden erwarten, dann schlich ich davon.
Als ich die Straße überqueren wollte, donnerte ein Lastwagen mit hoher Geschwindigkeit und ganz nah an mir vorüber. Ich hatte sein Kommen nicht bemerkt. Hatte ich überhaupt auf den Verkehr geachtet? Ich war so überrascht, dass ich nicht reagieren konnte. Die Plane klatschte laut gegen das Gestell und der Luftzug zerrte mir an Haaren und Jacke. Ein leichtes Schwindelgefühl überkam mich, mein Herz hämmerte. Ich hatte Glück gehabt. Oder war es eine vertane Chance. Du hättest nur rechtzeitig einen Schritt vor treten müssen, dachte ich, während der Lastwagen an der Kreuzung stoppte und die Bremslichter aufleuchteten. Genau dort war es passiert. Ich war mir nicht sicher, ob der Gedanke an Katharinas Tod meinen Lebenswillen stärkte oder schwächte.
Auf den Treppenstufen vor der Johanneskirche saßen die jungen Leute, genau wie Kratzer es gesagt hatte. Das hohe Eisengitter vor dem Portal war geschlossen, über dem Schild mit den Gottesdienstzeiten forderte ein aufgespanntes Bettlaken mit großen dicken Lettern SOLIDARITÄT, wegen der Dunkelheit konnte ich nicht erkennen mit wem und wollte es auch nicht wissen. Dagegen schienen die Geräusche durch die Dunkelheit verstärkt zu werden, ein dumpfes Raunen der Stimmen, aus dem zuweilen Gelächter hervorbrach, ein übermütiger Schrei oder das Klirren

von Flaschen. Obwohl die meisten der Jugendlichen saßen, herrschte ein reges Gewimmel, immer wieder stand jemand auf, wechselte seinen Platz, wurde in der neuen Runde mit theatralischen Gesten begrüßt, wurden die gleichen Worte wiedergekäut. Seltsam fasziniert von der Szenerie blieb ich in einiger Entfernung stehen, stellte mich in den dunklen Eingang des Pfarrhauses, trank einen Schluck und bemerkte ein Paar, das etwas abseits der Gruppe zu Füßen des Apostels saß. Der obere Teil der Bronzeplastik war in der Dunkelheit nicht zu erkennen, unten auf der Plinthe stand ein Lamm inmitten leerer Bierflaschen, den nackten Füßen des Johannes hatte jemand rote Socken angemalt. Der Junge lehnte mit dem Rücken am Marmorsockel, das Mädchen saß neben ihm, den Oberkörper seitlich verdreht, hatte sie ihren Kopf an seine Schulter und ihre Beine über seine leicht angezogenen Oberschenkel gelegt. Sie küssten sich, ihre Hände waren helle Käfer, die in der Dunkelheit sanft über die Körper wuselten, suchende Hände, findende Hände, und ich erkannte nicht, zu wem sie gehörten, doch es war auch egal, denn längst sah ich das Paar als eine Einheit, als einen Leib und eine Seele, wie man so sagt. Der Anblick des fremden Glücks schmerzte mich.

Ich weiß nicht, wie lange ich in diesem dunklen Eingang gestanden habe, irgendwann kam jemand und wollte ins Haus. Der Mann, vielleicht war es der Pfarrer, musterte mich mit einem verächtlichen Blick und legte gleich los, eine verdammte Schweinerei sei das, ich solle es ja nicht wagen, hier in den Hauseingang zu pissen, asoziales Pack, schimpfte er, verschwinden solle ich, und zwar sofort, sonst rufe er die Polizei. Obwohl zu Unrecht bezichtigt, fühlte ich mich ertappt.

Als ich die Kirchenallee entlang zurückging, immer bemüht, den Lichtkreisen unter den Laternen auszuweichen wie ein Dieb auf der Flucht, schien mir alles zum Feind geworden. Ich kannte das Pflaster unter meinen Füßen, die Graffitis an den Häuserwänden, die hell erleuchteten Schaufenster der ehemaligen Mohrenapotheke, in denen die Dekoration aus alten Fayencegefäßen, Glasflakons, Waagen und Bronzemörsern noch immer nostalgische Heilsversprechen zu verkünden suchte, ich erkannte das alles wieder, aber alles war an diesem Abend nicht mehr als eine Kulisse. Kulisse für ein Theaterstück, in dem ich eine Rolle spielen sollte, deren Text ich irgendwann gelernt, aber inzwischen vergessen hatte.

In dieser Nacht glaubte ich manchmal den Weg zu verlieren, aber es lag nicht an der Nacht, nicht am Weg. Seit ich Katharina verloren hatte, drohte ich mich selbst zu verlieren. Du darfst das Haus nicht mehr verlassen, dachte ich, du musst dich einigeln, der Lethargie hingeben, du musst dein Leben in einen Dämmerzustand versetzen und auf das Erlöschen warten, dachte ich, als ich die Ampelkreuzung überquerte. Und dann sah ich es, sah es mit Verwunderung und Schrecken. Rimböcks Villa war hell erleuchtet, strahlte in gleißendem Licht. In allen Zimmern brannte Licht, das honiggelb aus den Fenstern triefte, selbst die weißen Mauern schienen zu glimmen wie das Kunststoffhaus auf der Modelleisenbahnanlage meiner Kindheit, dessen Innenseite nicht mit Karton ausgeschlagen war wie üblich und das so mit seinen opaken Wänden die Illusion der perfekten Nachahmung einer abendlichen Idylle zerstört hatte. Und auch aus Rimböcks Steinwüste sprießten wie Garben verdorrter Binsen vereinzelte Strahlenbündel grell gen Himmel, fächerten sich über der Dachkante auf und umgaben das Haus mit einer Aureole. Der Himmel war sternenlos, jedenfalls waren bei dem Licht keine Sterne zu erkennen. Rimböck musste den Sommer über aufgerüstet haben, und heute Abend war also der Probelauf. Oder war ein fremdes Raumschiff gelandet? Hatte ich zu viel getrunken? Nein, dachte ich, kein Raumschiff, eher ein Hochsicherheitsgebäude, ganz sicher videoüberwacht. Der Steingarten ein Todesstreifen. Stolperdrähte über dem Schotter. Selbstschussanlagen. Ich stand vor dem Zaun, einen Moment lang wie gelähmt, jeder Fluchtversuch war zwecklos. Was sollte ich tun? Ich könnte das Paket holen und es Rimböck einfach vor die Tür stellen, dachte ich, die Klingel drücken und dann nichts wie weg. Oder waren Einbrecher im Haus? Hatten alles von langer Hand vorbereitet, ihn wochenlang ausgespäht, die Gauner, und nun seine

Abwesenheit ausgenutzt. Kaltblütig und gut organisiert, eine Bande, organisierte Kriminalität, natürlich bewaffnet, und hatten, vom unerwartet zurückkehrenden Rimböck überrascht, ihn wahrscheinlich kurzerhand niedergeschossen. Ich sah schon die Schlagzeilen in den Zeitungen, brutaler Raubüberfall in ruhiger, gutbürgerlicher Wohngegend, die Anwohner entsetzt und verängstigt, hatten das Opfer vor Tagen noch persönlich gesprochen, ein unbescholtener Bürger, ehrlicher Steuerzahler, unauffällig und nett, immer freundlich, und dann ausgerechnet hier, ausgerechnet bei uns. Sie legten Blumen für ihn auf die Steine. Die Polizei steht vor einem Rätsel, Zeugen?, leider Fehlanzeige, müssen alle früh raus und gehen deshalb zeitig zu Bett, von den Tätern fehlt nach wie vor jede Spur, verdächtig allenfalls ein Nachbar, ohne Frage ein Sonderling, etwas zwielichtig auch, der nach dem plötzlichen Tod seiner Frau immer zurückgezogener lebt und immer kauziger geworden ist, ein tragischer Unfall gewiss, aber muss man sich deshalb gleich so gehen lassen? Und waren nicht seit Tagen sogar die Fenster im Erdgeschoss seines Hauses plötzlich von innen regelrecht verklebt? Nicht, dass sie damit irgendetwas sagen wollen, sagen sie, ein Zufall vielleicht, aber was der da treibt, würden sie schon gern wissen, darauf hätten sie schließlich ein Recht.

Nichts wie weg, dachte ich noch einmal, doch auch meine Haustür war vom Schein der Rimböckschen

Lichtorgie erhellt. Die Straßenbäume warfen Schatten, in deren Schutz ich bis zum Nachbarhaus schlich und dort vorsichtig, aber geschickt, für dich muss noch lange keiner im Bus aufstehen, dachte ich, über den Lanzettenzaun stieg, um durch den fremden Garten einen kleinen Weg zu erreichen, der, von mannshohen Hecken gesäumt, im Rücken der Häuser eher einem tiefen Graben glich. Im Frühjahr schlug hier die Nachtigall. Und jetzt? Hockten Gespenster im Dickicht? Es war still, nur der Kies knirschte unter den Füßen, still und dunkel, es war stockfinster, eine Schwärze, gegen die auch der matte, jetzt einem Wetterleuchten gleiche Schimmer über Rimböcks Villa nicht ankam, das Gartentor erahnte ich mehr, als ich es sah, ich stolperte über etwas, die Harke, dachte ich, du hättest auf Kratzer hören sollen, ich tastete mich am Schuppen vorbei, wo mir, was ich aber erst später bemerken würde, die Dornenschwuppen der Brombeere die Stirn ritzten, und endlich zur Hintertür. Geschafft! Im Begriff, mir den Schweiß von der Stirn zu wischen, sah ich im Licht des aufflammenden Streichholzes das Blut an meiner Hand, und erst während ich rauchte, war auch der Schmerz da, ein Brennen über dem rechten Auge.

6

Am nächsten Morgen saß ich wieder pünktlich vor dem Haus. Ich rauchte und trank meinen Kaffee. Mein Schädel brummte. Soll ich dir einen Tee kochen? Katharinas Frage hallte durchs leere Haus. Wahrscheinlich drohte das Wetter umzuschlagen, noch war es windstill, doch am Himmel türmten sich schon dunkle Wolken, bedrohlich, als rüste der Herbst sich zu seiner ersten Offensive, bald würde es Regen geben, ein reinigendes Gewitter, dachte ich. Davon ungerührt, balancierte eine Katze über die Einfassung eines der Kiesbeete vor Rimböcks Haus. Vorsichtig und doch mit traumwandlerischer Sicherheit setzte sie Pfote vor Pfote, den Schwanz erhoben, nur einmal hielt sie inne, ließ eine Vorderpfote für Sekunden in der Luft, senkte den Kopf, als wittere sie eine Gefahr oder sei im Begriff, im nächsten Moment selbst zur Gefahr zu werden, doch dann ging sie weiter, als sei nichts gewesen, ließ sich auf einer der Steinplatten nieder, rollte zur Seite, streckte eine der Hinterpfoten in die Höhe und fuhr sich mit der Zunge zwischen die Beine.
In der Nacht hatte ich schlecht geschlafen. Ich würde sogar behaupten, kein Auge zugetan zu haben, wäre da nicht ein Traum, dessen Bilder nun in Fetzen wieder heraufstoben. Wir waren in einer schroffen Gebirgslandschaft unterwegs, Katharina und ich, wir

hatten es eilig, waren seltsam gehetzt, vielleicht waren wir vor etwas auf der Flucht oder mussten ein Ziel in einer bestimmten Frist erreichen. Katharina war mir immer ein gutes Stück voraus, und so sehr ich mich auch anstrengte, gelang es mir nicht, die Lücke zwischen uns zu schließen. Meine Beine waren bleischwer, die Füße versanken im Boden, Schlamm klebte an den Schuhen, Katharina sah sich nicht um, ich versuchte sie zu rufen, aber auch das misslang, sei es, dass sie meine Rufe nicht hörte, sei es, dass meine Stimme versagte. Wir verloren uns aus den Augen, ich irrte schweren Schrittes über die abschüssige Flanke eines Berges, ich kämpfte um jeden Meter, rutschte mehrmals zurück, krallte meine Finger in die Grasnarbe, erreichte so endlich ein Plateau, eine aufgegebene Alm mit verfallenen Hütten, in denen ich nach Katharina suchte, aber nur einen alten Mann fand, der breitbeinig auf einem Melkschemel hockte und Blattgold auf die Hörner eines bleichen Rinderschädels tupfte. Er kam mir bekannt vor, aber erst als er mich ansah, erkannte ich Schewinski, der sich nun den Schädel über seinen Kopf stülpte und mit der Hand über die Kalotte strich. Nichts gehe über Elfenbein, schlaumeierte es dumpf aus dem Inneren des Rinderschädels, Elfenbein, das schon Phidias für die Zeus-Statue in Olympia verwendet habe. Genervt wandte ich mich ab. Der Weg führte von den Hütten weg über ein Schotterfeld, das unter meinen Füßen wogte wie ein Meer und Steine grollend an die Ufer spülte, träge schwappten sie gegen den Fels. Ich versuchte schneller zu laufen, sank knöcheltief ein, jeder Schritt ein Rühren im knirschenden Kies. Und dann sah ich Katharina am Rand des Plateaus auf einer alten Brücke stehen, die in zwei steinernen Bögen einen reißenden Gebirgsbach überwölbte. Ich erkannte sie nicht an ihrem Gesicht, nicht an ihrer Kleidung, sie war mir fremd, und doch war ich sicher, dass es Katharina war. Sie hatte auf der Brücke eine Staffelei aufgestellt, das Bild darauf konnte ich nicht erkennen, aber ich kannte es, ganz genau kannte ich es, und mir war klar, was nun passieren würde, doch es gelang mir nicht, Katharina zu warnen. Der Schotter reichte mir jetzt bis zu den Knien, ich war unfähig mich zu bewegen. Ich wollte schreien, doch ich brachte keinen Ton heraus, ruderte verzweifelt mit den Armen, um ihr wenigstens ein Zeichen zu geben, doch je heftiger ich wurde, desto tiefer versank ich im Schotter, der nun schon meine Hüfte umschloss. Als die Brücke unter Katharina zusammenbrach, das zersplitterte Holz der Staffelei kreisend in einem Strudelloch verschwand und das Echo des gurgelnden, brodelnden Wassers wie ein höhnisches Lachen von den Felswänden schallte, war ich erwacht. Es war noch dunkel, das T-Shirt klebte schweißnass auf der Brust. War ich wirklich erwacht? Ich wusste nicht, wo ich war, meine Finger tasteten nach dem Schotter, spürten das zerwühlte Laken, ich war erleichtert, weil offenbar alles nur ein Traum gewesen

war, und es dauerte eine Weile, bis ich begriff, dass das Bett neben mir trotzdem leer und Katharina für immer tot war.
Die ersten Regentropfen fielen dumpf auf das Holzdach, es klang schlimmer, als es war. Manchmal schlug ein Tropfen auf ein Blatt und ließ es erzittern. Die Kirchenglocken hatten noch nicht geläutet, Rimböcks Haustür war geschlossen, trotzdem verzog ich mich ins Haus. Ich wartete auf das Klingeln. Ich zwang mich, nicht auf die Uhr zu sehen. Etwas drückte im Schuh, als ich ihn auszog, fand ich einen Kieselstein. Viel zu oft schaute ich auf die Uhr. Ich rechnete die Stunden bis zum nächsten Mittwoch aus.
Und dann klingelte es tatsächlich. Kein drängendes Klingeln wie zuletzt bei Kratzer, eher das scheue Gebimmel eines Fremden, der zögert, es klang irgendwie fragend, aber vielleicht bildete ich mir das auch nur ein. Rimböck also, dachte ich sofort, probte in Gedanken noch schnell eine Begrüßungsfloskel, aber es war nur der Georgier. Er hatte sich zum Schutz vor dem einsetzenden Regen die Jacke über den Kopf gehängt und stand vor der Tür wie ein Mönch. Oder eher wie ein Gartenzwerg, denn er trug kurze Hosen, was mich allerdings nicht wunderte, er kleidete sich nie entsprechend der Temperatur, sondern nach dem Kalender, offenbar galt noch immer der Sommerbefehl. Das welke Fleisch seiner Beine war gerötet, spielte an den Knien ins Bläuliche, aber er war ein

harter Hund. Echt kaukasischer Owtscharka, dachte ich.
Der Georgier war jener Nachbar, durch dessen Garten ich gestern Abend geschlichen war, er stammte aus einer Kleinstadt irgendwo in Bayern, hatte als Immobilienmakler gearbeitet, dann, als die Kinder aus dem Gröbsten raus waren, eine neue Aufgabe gesucht und war, wie er es nannte, als Entwicklungshelfer in den Osten gekommen, doch nun schon einige Zeit pensioniert. Er sah aber immer noch erstaunlich jung aus, irgendwie alterslos. Seiner Sprache war die Herkunft kaum anzumerken, nur wenn er versuchte, die hiesige Mundart nachzuahmen, was er oft und gern tat, konnte man seine Fremdheit ahnen. Besonders wenn er auf die Vergangenheit des untergegangenen Landes anspielte, gefiel er sich im Dialekt eines einstigen Staatsoberhauptes. Er selbst fand das witzig und rühmte sich dann seiner Integrationsleistung. Er hieß eigentlich Willi Baltrusch, hatte sich aber, als wir ihm zum ersten Mal begegnet waren, als der Baltruschwilli vorgestellt, weshalb er bei uns dann der Georgier hieß. Vor Jahren hatte ich ihm ein altes Reliquienkreuz restauriert, eine bäuerliche Lindenholzarbeit, die er geerbt hatte, nichts Wertvolles, aber es schien ihm gerade in der Diaspora etwas bedeutet zu haben, der Corpus aus gewöhnlichem Bein, der Georgier hatte es für Elfenbein gehalten, hatte einen gebrochenen Arm, der notdürftig und stümperhaft mit Heftpflaster umwickelt war. Das Reli-

quienfach im Längsbalken des Kreuzes war natürlich leer gewesen. Ich hatte mein Möglichstes getan, und seither brachte er immer mal wieder etwas zum Reparieren vorbei, anfangs meist antiken Trödel, bald aber auch defekte Elektrogeräte oder angeschlagene Blumenvasen, die weniger von Geschmack als von Sparsamkeit zeugten, vielleicht wurde er auch von seiner Frau geschickt, die wegen ihrer offenen Beine das Haus nur noch selten verließ. Ihre Beine waren dick bandagiert, und ihr Gang hatte etwas Pinguinhaftes. Sie trainiert für einen Auftritt im Kulturamt, hatte ich manchmal mit Katharina gescherzt, jetzt tat sie mir leid, gemeinsam ließ sich besser spotten. Der Georgier und seine Frau mussten eine merkwürdige Vorstellung von meinem Beruf haben, irgendetwas zwischen Kesselflicker und Flickschuster vielleicht, noch vor Monaten hatte mich das geärgert, dann fand ich es eher amüsant.

Und nun würde er mich also wegen meines nächtlichen Eindringens zur Rede stellen, vermutete ich, als er die Jacke abstreifte und an mir vorbei ins Trockene drängte. Ich strich verlegen mit der Hand über den verräterischen Kratzer auf der Stirn und sann schon nach einer Entschuldigung, doch dann sah ich das in die Jahre gekommenes Bügeleisen, das die Farbe von nachgedunkeltem Silber hatte und das der Georgier wie eine Monstranz vor sich hertrug und mir wortlos, aber mit fast flehendem Blick in die Hände drückte. Ach so, sagte ich erleichtert, na ja, und knickte das Kabel an jener Stelle in der Nähe des Steckers, an der die Textilummantelung zerschlissen und ausfranst war, die Enden eines Drahtes lagen bloß. Wieder das Kaninchen?, fragte ich. Der Georgier nickte schuldbewusst. Meine Frage, ob das Tier überlebt habe, ließ er unbeantwortet, deutete nur erneut auf das defekte Kabel. Ich wisse doch, er habe nun einmal zwei linke Hände, sagte er und zeigte sie, eine Handfläche nach oben, die andere nach unten gekehrt, auch gleich vor. Dann stutzte er und sah verwundert auf die abgeklebten Fenster. Ich kam seiner Frage zuvor und erklärte ihm, dass das Zwielicht die Farben verfälsche und bei tiefstehender Sonne die flackernden Schatten des Laubs meine Augen allzu schnell ermüden ließen, das verdammte Septemberlicht, schimpfte ich, was ihm zu meiner Überraschung sofort einzuleuchten schien, jedenfalls nickte er verständnisvoll. Also gut, sagte ich und sah, wie der Georgier nun die leere Whiskyflasche bemerkte, doch er sagte nichts.

Ich holte etwas Werkzeug, trennte das Kabel an der defekten Stelle und schloss den Stecker wieder an. Der Georgier sah mir staunend zu, kratzte sich am Hinterkopf und grinste zufrieden, als mein Speichel endlich auf dem blanken Metall des Bügeleisens zischte. Was er mir schuldig sei? Nichts, dachte ich, zuckte aber nur mit den Schultern. Er schien mich trotzdem verstanden zu haben und bedankte sich. Ich sehe, Sie haben Besseres vor, sagte er und zeigte auf das Ölbild des unbekannten Malers. Ach das, sagte ich, wenn Sie wollen, können Sie es haben. Das aber schien ihn misstrauisch zu machen, wahrscheinlich vermutete er einen billigen Druck, was er zu ergründen suchte, indem er näher an das Bild herantrat, den Kopf vorschob und die Leinwand mit den Fingern einer seiner linken Hände betastete, vermutlich hatte er das in einer dieser Trödelshows im Fernsehen so gesehen. Alt scheint es zu sein, diagnostizierte er vorsichtig. Es scheint so, aber das alles lässt sich machen, sagte ich, Krakelee, Patina, Holzwurmlöcher, das ist nicht unbedingt eine Frage des Alters, eher des Geschicks. Sie wollen mich verarschen, sagte er unsicher. Keineswegs, sagte ich, wenn Sie wollen, mache ich Ihnen auch aus dem Bügeleisen ein respektables Dada-Kunstobjekt, wenn nötig sogar mit Expertise und Provenienz, das würde nur etwas länger dauern, als ein angenagtes Kabel zu kürzen. Der Georgier war verwirrt. Zu meinem Erstaunen war mir seine Anwesenheit nicht unangenehm, und ich fragte, ob er etwas trinken wolle. Wieder schielte er nach der leeren Whiskyflasche und meinte, dafür sei es wohl noch etwas früh. Der Tee sei leider aus, aber er könne auch Kaffee haben, beruhigte ich ihn und wartete seine Antwort nicht ab. Ich müsse nur kurz nach oben, er könne hier warten und sich umsehen und sich die Sache mit dem Gemälde überlegen, ich sei froh, wenn es endlich aus dem Haus käme, außerdem passe das Motiv zu ihm. Er schaute auf das

Bild und wiegte dabei den Kopf, als taxiere er den Wert der Ruine, immerhin schien ihn ihre Lage zu überzeugen.
Ich kochte also Kaffee, nicht zu stark, hatte der Georgier mir noch hinterhergerufen, doch ich hasste dünnen Kaffee. Statt danke sagte er, das Herz, und klopfte sich mit der Hand gegen die Brust, als wisse ich nicht, wo sich sein Herz befinde. Schon bereute ich den Moment der Schwäche, ihn zum Bleiben aufgefordert zu haben. Der Kaffee war heiß, er würde eine Weile bleiben müssen. Vielleicht hasst er das Rauchen, dachte ich, zündete mir eine Zigarette an und blies den Qualm in seine Richtung. Aber es störte ihn nicht, auch sein Herz schien ihm schon weniger Sorgen zu machen, jetzt klagte er über seinen schlechten Schlaf, erst letzte Nacht... Ich schlafe ausgezeichnet, fiel ich ihm ins Wort. Ich hoffte, Rimböck würde mich von dem Georgier erlösen, aber Rimböck kam noch immer nicht. Manchmal, wenn ich nicht schlafen kann, gehe ich nachts spazieren, sagte er, einfach so. Was ist nun mit dem Bild?, fragte ich etwas zu forsch. Er schwieg, vielleicht war er beleidigt, ließ auch seine Tasse unberührt, blies nur manchmal hinein, er schien seinen Kaffee nicht nur dünn, sondern auch kalt zu mögen.
Den Rahmen könne ich ihm richten, machte ich einen erneuten Versuch. Nachts, sagte er und nahm schlürfend nun doch einen kleinen Schluck, nachts sieht man manche Dinge anders, es gibt mitunter

auch merkwürdige Geräusche. Und alle Katzen sind grau, dachte ich und bot ihm, falls der Kaffee zu stark und zu heiß sei, weil die Milch sauer geworden war, kaltes Wasser an. Nein, nein, wehrte er ab, alles sei in Ordnung, er habe Zeit, seine Frau sei beim Arzt, das könne dauern. Aber nichts war in Ordnung, ich wollte allein sein, ich wollte die Zugbrücke hochziehen, aber der Georgier hatte seinen Fuß dazwischen, und ich selbst hatte es ihm ermöglicht.
Und Sie haben also Geräusche gehört, redete ich mich weiter in das Schlamassel hinein. Ja, merkwürdige Geräusche, sagte er, gestern Nacht erst, in meinem Garten, wahrscheinlich irgendein Viehzeug. Und gesehen haben Sie nichts, bohrte ich weiter, ein helles Licht von gegenüber vielleicht? Nein, gesehen habe er nichts, besonders hinter dem Haus sei es finster gewesen, wenn man nicht aufpasse, könne man sich leicht die Knochen brechen, alles stockfinster, weshalb er auch nur etwas gehört und nichts gesehen habe. Kein Licht also, murmelte ich vor mich hin und beobachtete eine Spinne, die sich, ihr Leib wippte zwischen den langen dünnen Beinen, beinahe majestätisch über das Gesicht des marmornen Engels tastete.
Ich schaute auf die Uhr und wusste, dass ich die Zeit gleich wieder vergessen würde. Also dann, sagte ich, drückte die Zigarette aus, stand auf und räumte das Werkzeug auf. Der Georgier schwieg, machte aber keine Anstalten zu gehen. Heute wird es auch am

Tag laut werden, sagte er nach einer Weile, doch ich ging nicht darauf ein. Er nahm einen Schluck und wies dann mit dem Kopf ins Ungefähre. Es ist mal wieder soweit, eigentlich müssten sie gleich kommen. Wer?, fragte ich. Der Reinigungstrupp, sagte der Georgier, drüben bei Rimböck, die blasen dem mit Hochdruckreinigern den Dreck und das Moos von seinen Steinen, das wird wieder ordentlich Nebel geben, beim letzten Mal zogen die Schwaden bis in meine Wohnung, diesmal habe ich die Fenster geschlossen, wenn du mich fragst, ich hätte bis zum Frühjahr damit gewartet, in ein paar Wochen liegt sowieso Schnee über allem, aber der Rimböck ist eben ein ganz Gründlicher und leisten scheint er sich's auch zu können. Von mir aus, sagte ich und tat, als würde mich das nicht interessieren.
Dem sollten Sie ihr Bildchen aufschwatzen, rief er plötzlich, der wird Ihnen den Schinken ordentlich versilbern! Vielleicht behalte ich es doch, sagte ich, so schlecht ist es gar nicht. Eben darum, beharrte der Georgier, der Rimböck ist eigentlich Rechtsanwalt, macht aber jetzt in Kunst, der versteht was davon und wie man sieht, scheint es sich zu lohnen. So, so, in Kunst, sagte ich lachend, na das wüsste ich aber. Sie wissen's nicht?, fragte er erstaunt. Nein, sagte ich, und ich glaube es auch nicht. Der Georgier stutzte. Glauben sei zwar eine gute Sache, meinte er dann, aber in Maßen, immer in Maßen, als er noch mit Immobilien gehandelt habe, sei es ihm immer

um Fakten gegangen, keine Sentimentalitäten, dafür harte Fakten, aber gleichzeitig habe es auch Visionen bedurft, bei sich und bei den Kunden, man habe an die Zukunft eines Objektes glauben müssen, der Rimböck zum Beispiel habe Visionen gehabt, an den Rimböck habe er sofort geglaubt, als er ihm das verwahrloste Grundstück verkauft habe, das wird was, habe er sofort gewusst, der macht was draus, und habe er?, natürlich, er habe, eine Villa habe er hingestellt und was für eine, ich müsste sie von innen sehen, da würden mir die Augen übergehen, alles vom Feinsten und die Wände voller Kunst. Wir sollten dem Rimböck jedenfalls dankbar sein, die ganze Straße sei durch den Neubau aufgewertet worden, ästhetisch und ja, auch finanziell, jedes Grundstück, er wisse durch jahrelange Erfahrung schließlich, wovon er rede. Amen, dachte ich und überlegte, ob der Georgier nun vielleicht einen Kiesel im Reliquienfach des von mir restaurierten und nun im Herrgottswinkel seines Wohnzimmers stehenden Kruzifixes aufbewahrte, denn Rimböck schien ja bei ihm einen Stein im Brett zu haben. Zum Glück setzten nun tatsächlich Geräusche ein, anfangs ein stoßweises Fauchen und Schnauben, dann ein langgezogenes Zischen, wahrscheinlich hervorgerufen von den Hochdruckreinigern, den Georgier jedenfalls schienen sie zu interessieren, er hob sofort den Kopf und lauschte. Jetzt geht es los, frohlockte er, stand auf und ging ein paar Schritte in Richtung Fenster, blieb dann re-

signiert vor der Papierwand stehen und wandte sich zur Tür. Sein Bügeleisen hatte er vergessen, ich trug es ihm bis zur Haustür nach.
Den Briefkasten hatte ich seit Tagen nicht geleert. Ich erwartete keine Post von Belang. Die Abos der Fachzeitschriften waren gekündigt, die letzten Nummern trudelten noch hin und wieder ein wie Nachrichten aus einer anderen Welt. Auf manchem der Briefe stand noch Katharinas Name, ein jeder ein Stich ins Herz. Anfangs hatte ich sie noch verbrannt, hatte ihrem Aufbäumen im Feuer zugesehen, ihrem kurzen Aufglühen und ihrer Verwandlung in weißgraue Asche, die ihre Form noch eine Weile hielt und einzelne Buchstaben für Augenblicke bewahrte, bis ein Hauch alles zusammensinken ließ und die letzten Rußflocken in der heißen Luft entschwebten. Ich hatte mir die Finger verbrannt, der beißende Schmerz, vom Qualm in die Augen geweht, war unerträglich gewesen. Ich hatte am ganzen Körper gefroren vor diesen Feuern. Als ich daran dachte, erinnerte ich mich an Katharinas Gesicht, beschienen vom Licht einer Kerze, so nah waren sich unsere Gesichter an diesem Winterabend, dass die Flamme bei jedem Wort und jedem Atemzug flackerte, was sich in Katharinas Augen spiegelte, als brenne dort ein zweites, ein drittes Licht, so nah, dass die Flamme zu erlöschen drohte, bei jedem zu laut gesprochenen Wort. Ich sah das sanfte Leuchten von Katharinas Wangen, und wie sie verträumt und mit zwei steifen

Fingern das weiche Wachs am oberen Rand der Kerze zusammendrückte wie mit einer Pinzette, so dass die heiße Flüssigkeit über ihre Haut schwappte und langsam erstarrte, ihr Lächeln dann, als die Tropfen, die ich durch das Zusammendrücken einer Orangenschale in die Flamme spritzen ließ, zu Sternen verglühten und spürte plötzlich den feinen kalten Nebel auf meiner Wange, der von Rimböcks Garten in Schleiern herüberwehte. Ich riss den Papierwust aus dem Kasten und warf ihn unbesehen in den Müll. Und dann sah ich die Männer drüben im Garten, sie trugen blaue, wasserdichte Schutzanzüge, die ihre Körper aufblähten, wie Astronauten, dachte ich, nur dass Astronauten Helme tragen, große runde Köpfe haben, während diese hier klein und unförmig waren und Schrumpfköpfen glichen, weil die Kapuzen von den Gummibändern der Schutzbrillen eng an die Köpfe gepresst wurden. So vermummt und aufgeblasen zogen sie tappenden Schrittes in den Kampf, die Geräte, die sie in Anschlag hielten, glichen Maschinenpistolen, aus den Läufen rotzte das Wasser gegen die Steine, spritzte von dort in alle Richtungen, wurde zerstäubt und bildete graue Nebelschwaden, die Rimböcks Villa verhüllten wie Staubwolken ein einstürzendes Haus.

Wieder in der Werkstatt, versuchte ich mich zu beruhigen, strich mit den Fingern über die Leinwand, spürte den Riss im Himmel. Ich starrte lange auf das Bild. Wie oft war ich in Gedanken in dieses Bild eingetreten, nun aber war es letzte Nacht über mich gekommen. Doch alles war unverändert und strafte meinen Traum Lügen, der Weg schlängelte sich über sicheren Grund, der Bach plätscherte träge dahin. Und die Brücke? Das war keine Brücke mehr, kein Mensch käme auf die Idee, diesen fragilen Rest der Konstruktion zu betreten. Vielleicht ein Engel, aber glaubte ich an Engel? Glaube sei eine gute Sache, hatte der Georgier gesagt. Unsinn, dachte ich, der kann mit seinem Bügeleisen reden, wenn er will, dem glaube ich kein Wort, eher ist dieses Bild von William Turner, als dass einer wie Rimböck etwas mit Kunst zu tun hat.

Hatte es geklingelt? Ich glaubte etwas gehört zu haben, aber es war still im Haus, was ich wahrgenommen hatte, war sicher nur die Erinnerung an ein Klingeln gewesen, trotzdem ging ich zur Haustür und sah, als ich sie endlich geöffnet hatte, Rimböck schon wieder davongehen, zögerte aber, weil ich nicht wusste, wie ich ihn ansprechen sollte. Hallo, rief ich dann unsicher, worauf er sich umdrehte und einige Schritte auf mich zukam, unsicher auch er, als suche er nach dem Passwort, das ihm den Weg über meine Schwelle ermöglichen würde. Für seine Verhältnisse war er sehr leger gekleidet, Jeans, ein weiter Pullover aus grober Wolle, in deren Fusseln sich Regentropfen hielten, das sonst nach oben gegelte Haar war nass und lag platt auf dem Schädel, was nicht an dem bisschen Regen liegen konnte. Er sah übernächtigt aus und sagte kein Wort, wedelte nur ein wenig lustlos mit einem Zettel, wahrscheinlich war es die Benachrichtigung über die missglückte Zustellung. Moment bitte, sagte ich, warten Sie hier. Und eilte ins Haus zurück, um das Paket zu holen.

Ah, machte er, endlich, sagte er. Die Müdigkeit wich aus seinem Gesicht, als ich ihm das Paket übergab, wobei mir seine langen Finger auffielen, besonders die Daumen waren ungewöhnlich groß, er fuhr sich, bevor er zugriff, mit dem rechten über die Zunge, eine sehr schnelle, kaum merkliche Geste, als müsse er sich auf eine besonders schwierige Aufgabe vorbereiten. Dann drehte er das Paket vor seinem Körper und obwohl er keinen Absender fand, schien er sofort Bescheid zu wissen, vielleicht wegen der Abmessungen, er war begeistert, und ich hatte den Eindruck, er wollte seine Begeisterung mit mir teilen. Sie haben es wohl erwartet?, fragte ich, als wollte ich ihm dazu Gelegenheit geben. Ersehnt, sagte er. Und wie er mich dabei ansah, lauernd, als müsste auch ich den Inhalt kennen, als erwarte er nun ein Geständnis. Es liegt schon eine Weile hier, sagte ich. Er sei unterwegs gewesen, Geschäfte, dringende Geschäfte..., dann sah er die Tropfen, die den Karton des Paketes dunkel färbten, er schaute besorgt zum Himmel und machte einen Schritt auf mich zu. Ein wenig war ich enttäuscht, die dunklen Wolken hatten mehr versprochen. Der soll sich bloß nicht so haben, bis zu seinem Haus sind es doch nur ein paar

Schritte, dachte ich und sagte, er könne sich, wenn er wolle, eine Weile unterstellen. Danke, sagte er erleichtert und wollte schon ins Haus gehen, doch ich stellte mich ihm in den Weg und drängte ihn vorsichtig zur Terrasse. Und dort standen wir dann, Rimböck und ich, zwischen uns das Paket.
Was für eine herrliche Aussicht!, rief er begeistert, von hier aus hat man alles im Blick. Ja, sagte ich, von hier aus hat man alles im Blick. Ich starrte auf die Kreuzung, auf der Katharina gestorben und wo auf dem Pflaster der wie mit Kreide nachgezeichnete, merkwürdig verrenkte Umriss der Toten noch nach Wochen zu sehen gewesen war. Obwohl der Regen und die Autoreifen ihn inzwischen ausgelöscht und fortgetragen hatten, war er für mich noch immer sichtbar und würde es wohl ewig bleiben, ganz egal welche Aussicht ich haben würde. Rimböck sah weiter fasziniert hinüber auf sein Grundstück, wo noch immer die Nebelschwaden zwischen den Felsen hingen und den Blick auf die Villa nur für Momente freigaben. Wie im Hochgebirge, dachte ich.
Rimböck rührte sich nicht. Wollte er etwa hier auf das Ende des Regens warten? Da sind übrigens Bilder drin, sagte er nach einer Weile und deutete auf das Paket. Ich wich seinem Blick aus, Bilder, dachte ich, was hat das schon zu bedeuten, gar nichts bedeutet das, sicher nur billige Kaufhausdrucke, kitschige Toskana-Impressionen, ein stimmungsvoller Sonnenuntergang am Meer, vielleicht für sein Büro oder das

Vorzimmer zu seinem Büro, oder, Nachhaltigkeit ist ja gerade in aller Munde, ein Regenwaldfoto für die Betonwand über der Wohnzimmercouch, die Sonnenblumen von van Gogh. Oder sollte der Georgier ihn zum Kauf von Marienbildchen überredet haben? Rimböck behauptete, dass er Sammler sei. Obwohl ich mich bemühte, meine Verwunderung nicht zu zeigen, spürte ich den stillen Triumph, den er bei diesem Wort empfand. Würden sich Substantive steigern lassen, wäre Sammler für ihn ein Superlativ. Er wartete auf meine Reaktion, hielt es dann aber doch nicht aus und verkündete wichtigtuerisch, dass man als Sammler einen guten Riecher haben müsse und diesmal, da sei er sich sicher, habe er ein gutes Näschen gehabt, da würde sich noch mancher wundern.
Ich betrachtete ihn von der Seite, seine Nase, nun ja, vielleicht trug er sie etwas hoch, aber etwas Besonderes war sie nicht. Ob ich mir etwas aus Kunst mache? Ich antwortete nicht, was ihm Antwort genug schien. Na ja, macht nichts, sagte er, vielen Dank aber, dass Sie das Paket angenommen haben. Das merkt man gleich, sagte ich. Was?, fragte er und sah mich erstaunt an. Ich meine, dass Sie sich für Kunst begeistern, ich meine ihren Garten. Er nickte zufrieden, murmelte etwas von Zen und der Klarheit der Steine, die ihm eine Klarheit der Gedanken ermögliche. Und wo hängen Sie die Bilder auf? Nirgends, sagt er und schaute mich mit einem Blick an, der ausdrückte, dass ich einen Sammler wohl nie verstehen

würde, ließ sich dann aber doch zu der Bemerkung herab, dass es für die Präsentation noch zu früh sei. Ein Sammler müsse manchmal auch warten können, warten und den Markt beobachten ... und den richtigen Riecher haben, fiel ich ihm ins Wort. Genau, er betrachte die Ware hier, er tippte diesmal sogar gegen das Paket, mehr als eine Investition, eine Investition in die Zukunft. Im Vertrauen, flüsterte er und dabei neigte sich sein Kopf gefährlich nah an mein Ohr, das Ganze sei ein Schnäppchen gewesen, aber der Preis werde steigen und irgendwann, da sei er sich sicher, werde man das kaum noch bezahlen können. Es sei übrigens nur ein Gemälde, ein Gemälde und drei Zeichnungen, er habe die Arbeiten bei einer Online-Auktion, auf der er eigentlich etwas ganz anderes habe kaufen wollen, entdeckt und sofort ersteigert, wobei ersteigert nicht das richtige Wort sei, denn er habe das Konvolut unter dem ohnehin schon geringen Einstiegspreis bekommen, quasi für einen Appel und ein Ei. Sie Glückspilz, sagte ich. Glück, na ja, Glück könne jeder haben, man müsse aber auch Ahnung haben und im richtigen Moment zugreifen. Wohlüberlegt und kurzentschlossen, das sei seine Devise.

Wie der Künstler denn heiße? Der Name werde mir sicher nichts sagen, sagte er, und sei in diesem Fall auch nicht von Belang, noch nicht, der Name müsste erst noch gemacht werden, erst mache man den Namen, dann das Geschäft. Im Übrigen sei die Signatur ein Künstlername, er halte es sogar für denkbar, dass sich dahinter eine Künstlerin verberge, womöglich habe sie inzwischen geheiratet, trage heute einen ganz anderen Namen und sei unter diesem Namen vielleicht sogar schon berühmt, die Sache sei, das müsse er zugeben, etwas mysteriös, die Spuren verwischten sich, er stecke mit der Recherche noch ganz am Anfang, ein Sammler wie er sei immer auch Detektiv, aber er wolle noch nicht zu viel verraten, alles werde noch früh genug... Rimböck, als stünde er plötzlich im Rampenlicht, fuhr sich mit der Hand durchs feuchte Haar und zupfte ein paar Strähnen zurecht.

Als er einen Moment schwieg, war das Knistern des Regens auf der Plane über dem Holzstoß neben der Terrasse zu hören, aus dem Fallrohr schlugen die Tropfen gleichmäßig und schnell wie ein leicht erhöhter Puls. Er halte übrigens auch ihren Tod für denkbar, ein früher Tod mache die Sache sogar noch spannender. Eine Frau, das sei schon gut, aber, er wolle nicht zynisch sein, ein früher Tod sei perfekt, denn das halte das Angebot klein und treibe den Preis in die Höhe. Er stelle sich ein tragisches Schicksal vor, mal angenommen, wie gesagt, alles unter Vorbehalt, wenn auch nicht ohne Berechtigung: eine schwere Kindheit, Autodidaktin, als Künstlerin früh vollendet, aber zu Lebzeiten verkannt, so eine Biografie mache sich besonders gut, so eine Biografie sei bares Geld wert.

Auch in den Spinnweben zwischen den Astgabeln der Sträucher hingen jetzt Regentropfen, wie Perlen hingen sie da und zitterten leicht. Ich fragte, ob ich die Bilder sehen könne, aber Rimböck lehnte, das Paket etwas an sich ziehend, natürlich ab. Später vielleicht, er fürchte aber, sie würden mir ohnehin nicht gefallen. Wieso?, fragte ich. Nun ja, Sie als Restaurator..., Sie sind doch Restaurator? Ich war es, sagte ich, das ist lange her. Ach, davon habe der Baltrusch nichts gesagt, er, Rimböck, habe gedacht, ich sei noch aktiv, aber das mache nichts, nicht dass ich ihn falsch verstehe, die Blätter seien in bestem Zustand, er kaufe immer nur Top-Qualität, aber in meinem Beruf, er meine ja nur, sei man doch vielleicht von Natur aus etwas konservativ und die Bilder seien eher das Gegenteil. Ob er einen Müllsack wolle? Rimböck verstand nicht recht und glaubte wohl, ich wolle mich über ihn lustig machen. Als Regenschutz, meine ich. Ja, ja, sagte er verwirrt, ein Müllsack wäre gut. Also holte ich eine der blauen Tüten, ein Kondom für das Konvolut, dachte ich und stülpte sie über das Paket. Als ich es anheben wollte, kam Rimböck mir zuvor, entschlossen riss er den Packen nach oben, hob ihn bis über seinen Kopf und so vorm Regen geschützt, machte er sich auf den Weg. Und blieb dann, bevor er die Straßen überquerte, noch einmal kurz stehen, nahm eine Hand vom Regendach und tastete seine Hosentaschen ab, vielleicht suchte er nach seinem Schlüssel oder seiner Brieftasche, als könnte ich ihn bestohlen haben.

Zurück in der Werkstatt suchte ich nach dem Paket, vielleicht war Rimböcks Auftritt nur ein Traum gewesen, doch das Paket war nicht mehr da. Ich ließ mich auf den dreibeinigen Schemel fallen, der dabei bedrohlich knarrte. Erschrocken sprang ich auf und trat voller Wut gegen ein Bein, so dass der Schemel polternd unter den Tisch rutschte. Auch auf die Ewigkeit war offenbar kein Verlass mehr. Dann tat der Schemel mir leid, ich holte ihn wieder unter dem Tisch hervor, stieß mir dabei den Kopf an, auch der Tisch war jetzt offenbar mein Feind. War es möglich, dass sich durch Rimböcks bloßes Auftauchen alles gegen mich verschworen hatte, dachte ich, um nicht denken zu müssen, was mich wirklich bewegte: War es möglich, dass Katharina ihre Arbeiten doch nicht vernichtet hatte? Immerhin, sie hatte von Verkäufen gesprochen, einer Galerie, ihre Arbeiten waren ausgestellt worden, sie konnte also unmöglich alles wiederbeschafft und vernichtet haben. Hatte ein emsiger Hobby-Heimatforscher alles wieder zusammengetragen? War unerwartet ein Nachlass aufgetaucht, dessen rechtmäßiger Besitzer unbekannt oder nicht zu erreichen war? Die Post, dachte ich, wie lange hast du die Post nicht mehr geöffnet. Und wieso hatte ich nie an diese Möglichkeit gedacht und mich mit Katharinas Behauptung zufriedengegeben. Gewiss, manchmal hatte ich Zweifel gehabt, diese Zweifel waren Hoffnungen gewesen, irgendwann, hatte ich gedacht, würde es einen Neuanfang geben.

Aber was kam, war das Ende. Das große schwarze Loch. Es hatte lange gedauert, bis ich die Türen und Schubladen von Katharinas Schreibtisch geöffnet hatte, aber auch dort war kein Hinweis, keine Spur zu finden gewesen. Und nun war Rimböck mit dieser merkwürdigen Geschichte gekommen, ausgerechnet Rimböck. Kratzer wird staunen, wenn ich ihm davon erzähle, dachte ich, doch dann fiel mir ein, dass Kratzer nicht mehr kommen würde, und ich selbst es so gewollt hatte. Trotzdem, ich hätte es ihm gern erzählt. Aber was hätte ich sagen können? Die Wahrheit? Die Wahrheit kannte ich nicht. Und was war das überhaupt, die Wahrheit? War nicht das Bild, das ich mir von Katharina gemacht hatte und dessen ich mich immer wieder erinnerte, der Wahrheit viel näher als alle Fakten, die sich in Rimböcks Erzählung auf so merkwürdige Weise zusammengefügt hatten? Und außerdem, Fakten, was denn für Fakten? Alles nur vage Mutmaßungen, dem Hörensagen entsprungene Behauptungen, Spekulationen, zufällige Übereinstimmungen. Wenn überhaupt! Diesem Rimböck, der jeden Morgen das Haus in der Verkleidung des biederen Geschäftsmannes verließ, war nicht zu trauen, der wollte sich doch bloß wichtig machen, in dem Paket konnte alles Mögliche gewesen sein. Der hatte mir ein paar abgenagte Knochen hingeworfen und wartete nun genüsslich, dass mir der Speichel lief. Ich würde ihm nicht auf den Leim gehen, dem nicht, trotzdem, ich würde ihn im Augen behalten müssen, an Ruhe war also nicht zu denken. Keine Ahnung, was Katharina damals mit Rimböcks Frau besprochen hatte, was diese ihm weitergetratscht und was er sich dann daraus zusammengesponnen hatte. Aber warum? War er ein Witzbold? Ein Sadist? Kurz nach dem Gespräch, fiel mir ein, hatte sich seine Frau von ihm getrennt, vielleicht gab er Katharina daran die Schuld und wollte sich nun mit dieser absurden Geschichte an mir rächen. Womöglich hatte er mich schon seit Langem heimlich beobachtet und wusste viel mehr über mich, als mir lieb sein konnte. Oder war er einfach nur ein Spinner, der sich wichtig machen wollte? Dennoch, ich konnte mir einreden, was ich wollte, die Verwirrung blieb.

Rimböcks Worte gingen mir nicht aus dem Kopf. Je mehr ich darüber nachdachte, desto mehr lösten sich die Sätze auf, und ich war zu keinem klaren Gedanken mehr fähig. Mal drängten einzelne Wörter wie *Künstlerin* und *früh gestorben* und *ein neuer Name*, sich auf, dann gewannen die Zweifel die Oberhand. *Vielleicht*, hatte er gesagt, *denkbar* und *alles unter Vorbehalt*, hatte er gesagt, *womöglich* und *mal angenommen* ... Die Zweifel waren es, die mich für kurze Zeit beruhigten. Sag was, Katharina, sagte ich, rede endlich mit mir, aber Katharina schwieg. Es war so still, und alles dröhnte. Mein Kopf war voll, und ich fühlte mich so leer. Der Regen war stärker geworden, ich hörte die Tränen über das Fensterglas rinnen.

Und dann kratzte ich das Loch wieder frei und schaute hinaus durch mein kleines Auge in die Welt, und die Welt war ein großer LKW, der dröhnend die Kirchenallee hinunterrumpelte und an der Ampelkreuzung viel zu schnell um die Ecke bog, und ich hörte die Bremsen quietschen und sah die Vögel kreischend aus der Baumkrone auffliegen und in alle Richtungen davonstieben, wie nach einem Schuss, nach dem einen Moment lang alles ganz ruhig ist und die Welt ein Loch hat und auch die Zeit still steht, diese unheimliche Stille, in der die Häuser zu wanken begannen und das Vorderrad von Katharinas Fahrrad sich vor der Stoßstange des Lasters aufbäumte und drehte und drehte und drehte...

Als die Fahrertür sich öffnete und der Fahrer aus dem Wagen sprang, war auch ich aus dem Haus gerannt, hinaus in eine Welt, die sich aufgelöst hatte, zersprungen in Dutzende Splitter, die sich nicht zu einem Gesamtbild verbanden und dennoch in mein Gedächtnis einbrannten, das auf den Handrücken des Fahrers tätowierte, blaue Blitze schleudernde rote Herz, der sich wie in einem Anfall von Irrsinn durchs Haar fuhr, an dessen Gesicht ich mich aber später nicht würde erinnern können, die winzige, in sanftem Bogen gekrümmte weiße Flaumfeder einer Taube im Rinnstein, die von Katharinas Blut angehoben und auf dem Rinnsal in den Fugen der Pflastersteine mitgerissen wurde, Katharinas seltsam abgewinkeltes verdrehtes Bein... Es roch nach verschmortem Gummi, und dann hörte ich in der Ferne den Rettungswagen, doch das Geräusch kam nicht näher, schien nur anzuschwellen und verharrte eine quälend lange Zeit auf der Stelle, anscheinend gab es wieder keine Rettungsgasse, und der Krankenwagen steckte, wie so oft, viel zu lange im Stau. In dieser ganzen Zeit wechselte die Ampel immer wieder die Farbe, als sei nichts geschehen, wurde grün, wurde gelb, wurde rot, während der Verkehr hinter dem Lastwagen ins Stocken geriet und die Autos ungeduldig zu hupen begannen, während eine fremde Stimme hysterisch nach einem Arzt rief, einige Gaffer ihre Handys zückten und Fotos schossen, und ich mich ganz ruhig, als sei das alles hundertfach geprobt, neben die Liegende kniete, die natürlich nicht Katharina war, sondern nur die von ihrem Sockel gekippte Sandsteinskulptur einer Heiligen, deren Gesicht von Wind und Wetter seltsam verzerrt war. Ich beugte mich über sie, ich nahm ihr Gesicht zwischen meine Hände, ich hielt mein Ohr über ihren Mund. Einen Moment lang sah sie mich fragend an, ich rief ihren Namen, doch sie schien mich nicht zu hören, jedenfalls antwortete sie nicht, denn es war ja nur die Skulptur der Heiligen, die vom Sockel gekippt und deren Gesicht von Wind und Wetter entstellt war, indes die in sanftem Bogen gekrümmte Daunenfeder der Taube sich verfärbt hatte und als Flamingofeder mit einem kleinen Kieselstein kollidierte und sich langsam um sich selbst drehte und auf dem

Blutsee die Ampel wieder von grün auf gelb sprang, was auch gespiegelt wurde von Katharinas Augen, deren Blick nun an mir vorbei in den Himmel ging, in einen Himmel, der leer war, aber vielleicht, dachte ich, sieht sie den Flug der Flamingos.

Die Entstehung dieses Werkes wurde durch ein Stipendium der Kulturstiftung des Freistaates Sachsen ermöglicht.

Bibliografische Information der Deutschen Nationalbibliothek
Die Deutsche Nationalbibliothek verzeichnet die Publikation in der Deutschen Nationalbibliografie; detaillierte bibliografische Daten sind im Internet über http://dnb.ddb.de abrufbar.

Salzburg – Wien
Lektorat: Mona Müry
Gestaltung: Müry Salzmann Verlag
Druck: GGP Media GmbH, Pößneck
ISBN 978-3-99014-218-9
www.muerysalzmann.com

müry salzmann

Ein feines, empfindsames Buch, das ganz locker ein hochkomplexes Thema behandelt und näher bringt.
Der Tagesspiegel

ISBN 978-3-99014-214-1
288 S., EUR 24,–

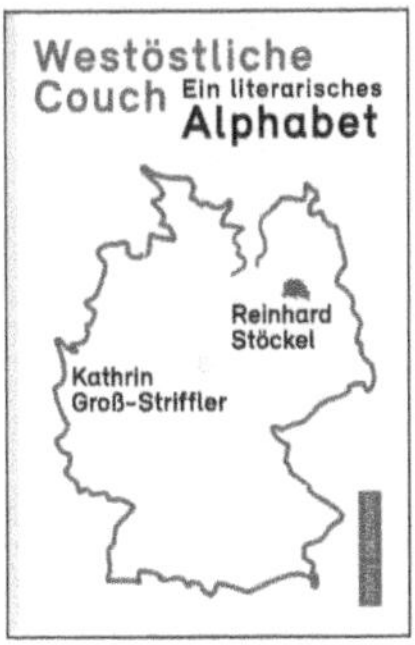

Für Lesende ist dieses Buch zugleich Gewinn und Genuss. Klischees lösen sich nicht in Luft auf, mitunter aber im Lachen.
Lausitzer Rundschau

ISBN 978-3-99014-209-7
232 S., EUR 19,-

Ein Roman über ein Jahrhundert, der auch die poetische Kraft besitzt, ein Jahrhundertroman zu werden.
Mitteldeutsche Zeitung

ISBN 978-3-99014-201-1
504 S., EUR 29,-

www.muerysalzmann.at